KB109729

흥미로운 사연을 찾는

무지개 무인 사진관

흥미로운 사연을 찾는

무지개 무인 사진관

초판 1쇄 발행 | 2023년 1월 25일
초판 3쇄 발행 | 2023년 11월 15일

지은이 | 김재희
펴낸이 | 박영욱
펴낸곳 | 북오션

주　소 | 서울시 마포구 월드컵로 14길 62 북오션빌딩
이메일 | bookocean@naver.com
네이버포스트 | post.naver.com/bookocean
페이스북 | facebook.com/bookocean.book
인스타그램 | instagram.com/bookocean777
전　화 | 편집문의: 02-325-9172　　영업문의: 02-322-6709
팩　스 | 02-3143-3964

출판신고번호 | 제 2007-000197호

ISBN 978-89-6799-745-8 (03810)

흥미로운 사연을 찾는
무지개 무인 사진관

무지개 무인 사진관

김재희 장편소설

Bookocean

일러두기

사진 관련해서 《사진기초의 길잡이》(보고사, 2016년 발간), 《DSLR & 미러리스 카메라 촬영 무작정 따라하기》(길벗, 2020년 발간) 등의 도서를 참조했습니다.

차례

이연주(45, 여)

무지개 무인 사진관(줄여서 무무사) 주인. 긴 머리와 큰 키에 어딘지 모르게 미스터리한 분위기가 풍긴다. 기이한 사진관을 열어 흥미로운 스토리를 찾는다는 걸 내걸고 사연을 뽑아 날을 잡아서 사연자의 사진을 찍어준다.

과거 사진기자로 일하면서 사진을 찍었다. 어떤 사건으로 일을 관두게 됐고 이 일로 크나큰 변고를 겪는다. 그녀가 감춘 비밀은 무엇일까.

현수경(25, 여)

취준생. 국회의원 보좌관 밑에서 일하다 도망쳤다. 드라마 보조작가나 보조출연 등 다양한 직업을 섭렵함. 무지개 무인 사진관에 방문해 취업사진을 찍어달라고 사연을 남겼다가 사진관 주인 이연주를 만나고 그녀의 일을 돕게 된다.

서용정(40, 여)

남편에게 버림받는 과정에서 엉망으로 살다가 무무사 사람들을 만나게 된다.

처음에는 무무사에서 샤넬 백을 잃어버렸다면서 진상을 부리지만, 점차 이연주와 현수경에게 감화돼 프로필 사진을 찍는다.

거액의 돈을 무무사 주인장 연주에게 넘기고 인생의 대 반전이 찾아온다. 무무사 무지개 노트에 소원을 적고 소원을 이루어 가면서 거듭나는 여성.

임진성(29, 남)

판교에 있는 게임회사 개발자. 키 크고 훈남에 학벌도 좋지만, 어머니에게 억눌리고 형체에 비해 스펙이 모지리 늘 자격지심이 있다.

사랑하던 연인과 헤어지고, 어머니가 결혼정보회사에 보낼 사진을 찍어 오라고 하자 무무사에 찾아와 그 누구도 자신을 선택하지 않을 사진을 찍어달라고 한다.

수경은 임진성의 멘토가 되어 그의 생활이 나아지게 도우라는 연주의 특명을 받고 그의 생활에 뛰어들게 된다. 임진성에게 묘한 감정을 느끼게 되는 수경.

김현호(45, 남)

무지개 무인 사진관 옆 마르코 베이커리의 대표로 유학파 출신의 파티시에이다. 다양한 빵을 만들어 판다. 이연주와 만나 이웃 간의 친분을 쌓으며, 무무사에 일이 생기면 도움을 주기도 한다. 젠틀한 스타일에 다정한 말투가 인상적이다.

홍진기(25, 남)

마르코 베이커리 견습생. 건축학을 전공하고, 군대를 다녀와 베이커리에서 일을 배우는 중이다. 키도 크고 체격도 좋고 적극적이라 일을 잘한다.

사교적이지만, 조금은 어수선하기도 하다. 다만 제빵을 할 때, 케이크를 만들 때 엄청나게 몰입하고 누가 왔는지도 모른다.

관운

면접 합격 소원을 이루어주는
무지개 무인 사진관 – 봄

무무사에 들어가다

현수경은 터덜터덜 발에 땀이 나도록 걸어서 간신히 동네로 돌아왔다. 어제도 오늘도 그리고 내일도 힘들 하루. 오는 길에 갑자기 비가 쏟아져 걸음을 빨리 했다.

손을 머리에 얹어 비를 피하면서 과거를 돌이켜 봤다.

그간 국회의원의 수행비서 밑에서 눈썹이 휘날리게 살았다. 국회의원이 선거를 앞두고 얼마나 많은 일정을 가지는지는 다 알 것이다. 하지만 그 일정을 소화하기 위해 얼마나 많은 희생이 있는지는 잘 모를 수 있다. 수경도 그랬다. 대학 졸업 후에 간신히 얻은 국회의원 비서 인턴 일은 몸과 마음을 병들게 했다.

아침 4시 기상, 국회의원을 깨우고 모시러 가고 아침을 들기 힘들면 간단한 조식을 준비해 가야 한다. 그러기 위해 새벽에 여는 도시락 포장이 가능한 식당을 몇 군데는 알아놔야 한다.

만약에 기차를 탄다면 몇 주 전부터 기차를 예약해두는데, 어찌나 자주 일정이 바뀌는지 하루에도 기차 시간과 일정을 몇 번이나 바꿔 예약한다.

이외에도 국회의원이 장소마다 넥타이나 와이셔츠를 바꿔 입을 상황이 생기면 근처 백화점이나 옷 가게를 부리나케 달려가 품격에 맞는 스타일로 골라와야 하는데, 이 또한 무척 힘들다. 한 번은 수경이 3번이나 환불하러 갔다온 일이 있었다.

온몸이 피로하고, 정신은 산만해서 주의력 결핍 장애가 시작될 때 일을 관두었다. 어차피 선거도 끝나 인력을 감원할 때였다. 수경은 두말없이 나와 그날부터 알바 자리를 구했다. 드라마 보조작가 일도 잠시 했지만 드라마가 편성을 받지 못하자 그만두게 됐다. 편의점도 자리가 나지 않자 보조출연자를 다급하게 찾는 드라마 촬영장에 다녀왔다.

사극을 촬영하느라 민속촌에서 종일 저잣거리 상인 역할을 맡아 주모 분장을 하고 막걸리와 파전을 팔았다. 봄 치고는 더운 날씨에 가발도 흘러내리고, 옷도 치렁거리는데다 주연배우가 늦어서 한참이나 야근을 했다.

"하루 더 쳐 준다니까."

보조출연자를 인력회사 실장이 설득했지만, 몇은 가버리고 수경은 알바비를 더 받기 위해 남아 새벽까지 촬영을 끝내고 집 근처 역에서 내려가던 중에 비를 흠뻑 맞은 것이다. 어슴푸레한 구름 속 가린 해를 보며 집으로 가는 길에 문득 새로 생긴 카페를 보았다. 주황색 간판에 '무무사'라고 적혀있었다. 비에 젖은 운동화가 질척거렸다. 편의점에서 양말과 슬리퍼를 사서 갈아 신고 무무사 앞으로 다시 갔다. 무엇엔가 끌리듯이 가게 문을 열었다. 힘든 일에 대한 보상을 커피 한 잔으로 달래려 하는지도 몰랐다.

카페인가 싶어 들어가려는데 문에 '24시 문을 여는 무지개 무인 사진관'이라고 적힌 팻말을 보았다.

아, 그래서 '무무사'인가 싶었다. 주황색 인테리어와 하얀색 벽지가 잘 어울리는 실내는 깔끔했다. 뒤 칸에는 일회용 필름 카메라가 자동판매기 안에 들어있고, 갖가지 색들의 필름들이 보였다. 수경은 말로만 듣던 필름 카메라를 보니 새로웠다.

하얀 벽에는 주황색 할로겐 등 위로 '무무사'라고 팻말이 붙어있었다. 고객들이 찍고 간 스티커 사진들이 붙어있는 코르크 칠판도 있었다. 리모컨으로 셀프 사진을 찍고 보정과 인화, 인쇄를 원하면 이메일로 연락하라고 적혀있었다.

창가에는 테이블과 의자가 있었고, 맨 뒤로 커피머신이 보였다. 메뉴가 아메리카노, 카페 모카, 바닐라 라떼, 플레인 요거트 등 다양했다.

수경은 커피머신에서 아메리카노 HOT을 골랐다. 카드를 대니 자판기 계기판에 '원두를 글라인드 중입니다'라는 문구가 떴다. 은은한 향을 풍기면서 커피가 내려졌다. 커피를 마시면서 가게를 둘러보았다. 가게에는 곳곳에 스티커 사진들과 필름 카메라로 찍은 듯한 아날로그 느낌의 사진들이 액자에 담겨 벽에 걸려 있었다. 어린아이들, 연인들, 가족사진이 스냅사진처럼 자연스럽게 찍혀 있었다.

왼쪽 벽에 있는 여러 종류의 스티커 사진 기계로 다가갔다.

거울에 얼굴을 비추어 보았다. 어깨까지 오는 생머리에 피곤해 보이는 안색이 보였다. 수경은 눈을 크게 뜨고, 코에는 힘을 주고 입술 꼬리를 들어올려서 생기를 띠게 해보았다.

스티커 사진기 옆으로 미키마우스 머리띠와 파마머리 가발, 각종 모자 등 소품과 메이크업 도구들이 있었다. 환한 조명이 있어 분장하기 좋게 해놓았다. 대학교 다닐 때 친구들과 놀던 스티커 사진관이 생각났다. 스티커 사진기 거울을 보고 소품을 사용해 장난스레 포즈도 취했다. 자리에 앉아 커피를 마시다 테이블 구석에 있는 앨범을 열어보니, 바다, 공원, 시골길, 개울, 헛간, 논과 밭 등의 풍경 사진이 들어 있었다.

수경은 앨범을 닫고 일어나 곳곳을 살폈다. 다 둘러본 후라 커피를 정리하고 나가려는데, 벽에 붙은 안내판에 이렇게 적혀있었다.

수경은 커피를 마시면서 테이블에 앉았다.

테이블 위에 주황색 노트가 있었고, 무지개 노트라고 쓴 손글씨가 표지에 적혀있었다.

노트를 열어보니 여러 사연들이 적혀있었다.

- 오늘 여자친구와 헤어지려고 마음먹었는데, 도저히 헤어지자는 말이 입에서 떨어지지 않았어요. 아버지 사업이 안 좋아져서 생활도 점점 어려워지고, 저는 휴학해 돈을 벌려고 합니다. 데이트 비용도, 연애를 하는 것도 사치라고 생각해 헤어지려 하는데, 왜 그 말을 하는 게 서글프고 힘들까요. 저처럼 학벌도, 경제력도, 집안도 별로인 사람은 연애나 결혼은 먼 일이라고 생각합니다. 후우, 죄송해요. 흥미롭기는커녕 너무나 기운 안 나게 만드는 이야기이죠.

그 밑에 주황색 펜으로 주인장이 쓴듯한 글이 남겨져 있었다.

- 제가 찾는 흥미로운 이야기는 아니지만, 그래도 마음이 움직

이는 이야기라고 생각해요. 힘내라는 말은 차마 하지 못하겠습니다. 저도 그 시절을 겪어봐서 남이 함부로 뭐라고 충고하는 게 참 별로라는 생각이 든 적이 있거든요. 그래도 드리고 싶은 말은 오늘보다 내일은 더 나아지더라는 겁니다.

수경은 이렇게 손님과 주인장이 남긴 편지 같은 글을 노트에서 살피다 자신의 사연을 적어나갔다. 최근에 알바를 하나 구하려고 앱을 보다가 기이한 구인 글을 봐서 고민 중인 참이었다.

– 알바를 여러 개 전전하고 있는데, 가장 최근에 시급을 높게 준다는 회사가 있어 적어봅니다.
이 회사는 시급을 15,000원이나 주는데, 잘하면 200도 받을 수 있더라구요, 그런데 이상한 규정들이 있어요.
알바 앱에 이렇게 적혀있어요. 다른 것들은 특별한 게 없는데, 이 회사는 저에게 이상한 여러 가지를 요구합니다. 이 회사에 들어오면 밤에 야근할 때 누가 부르거나 소리가 나도 절대 돌아보면 안 된다고 합니다. 그리고 화장실에서 물소리가 나면 바로 나와야 한다고 합니다. 회사 근무 시 주의사항이 이상해서 지원이 망설여지지만, 별다른 기술 없이 사무 업무나 야간에 일하면 200 가까이 준다고 해서 지원하고자 합니다. 혹시 이 이야기가 흥미롭다면, 사진을 찍어주시겠어요? 지원하려면 사진이 필요하대요. 저의 이메일은 tejey0201@dadada.com입니다.

수경은 이렇게 글을 적고 커피를 다 마신 후에 무무사를 나왔다.

다음 날 알바로 받은 업무인 워드 서류 작업을 끝내고 알바 앱에 들어가서, 여러 알바 자리를 알아보던 중에 갑자기 이메일이 왔다.

보낸 이는 '무무사 주인장'이었다.

〈안녕하세요, 저는 무무사 주인장입니다〉

보낸 날짜: 3월 12일 오후 8시 44분

보낸 사람: 무무사

받는 사람: 현수경

어제 저희 무지개 무인 사진관, 무무사에 들어오셨었죠? 남긴 글을 읽고 답을 드립니다. 이야기가 무척 흥미로운데, 좀 더 이야기를 남겨 주시면 제가 취업에 필요한 사진을 무료로 찍어드리겠습니다. 무무사에 들러서 노트에 좀 더 이야기를 적어주세요.

만약에 이야기가 조작된 거라면 더 이상 듣지 않겠습니다.

수경은 벌떡 일어났다. 어차피 오늘은 일도 없었다. 지방에서 올라와 독립하느라 얻은 이 작은 원룸 월세를 벌기 위해서라도 무언가 삶에 도움 되는 일을 해야 했다. 조금은 이상한 규정이 있는 회사이지만, 200만 원을 준다는데 못할 것이 없었다. 시간을 지체하면 누군가 그 자리를 채갈지 모른다.

수경은 집에서 외투 하나 걸치고 날려 나와서 무무사로 갔다. 무무사는 24시 무인 사진관답게 밤에도 훤하게 불이 들어와 있었다.

수경은 들어가자마자 테이블에 있는 무지개 노트를 찾아서 펼쳤다. 수경이 남긴 글에 주인장의 손글씨는 없었다. 수경은 거기에다 이야기를 이어 나갔다.

- 조작된 이야기는 아니고 사실입니다. 이 회사는 알바 앱에서 본 회사인데, 위치는 여기서 멀지 않고 지하철로 두 정거장에 있습니다. 사무직이라지만, 워드나 엑셀 정도의 능력만 필요하대요. 그리고 서류 작업 정도라는데, 내일이라도 사진을 찍어 당장 지원할 겁니다. 다만, 야근이라는 게 걸리지만 괜찮겠지 싶습니다.
오늘은 일단 다른 알바를 하러 가야 돼요, 사진을 찍어주시면 회사에 제출할게요.

수경은 그렇게 적고, 커피 한 잔을 뽑아서 마시고 있는데 갑자기 윙 하는 소리가 들렸다. 놀라서 주변을 살피니, 커피머신에서 자체적으로 청소를 하는 소리 같았다.

고개를 끄덕이고는 노트가 놓인 테이블로 돌아가려는데, 갑자기 우당탕하는 소리가 뒷 벽면에서 들렸다. 깜짝 놀라 몸이 들썩거렸다.

순간 소름이 끼쳤다. 수경은 주변을 둘러보았다. 아무리 보아도 무무사에는 자신밖에 없었다.

수경은 이상해서 에어컨과 정수기가 놓인 벽면에서 나는 소리에 어깨를 들썩이면서 살펴보다 그냥 무무사를 나왔다. 나오기 전에 무무사의 천장에 달린 CCTV 화면을 올려다보고는 입 모양으로 '귀신 있는지 몰라요' 하고 조용히 말해보았다.

사장님이 이 영상을 본다면 귀신이 있는지 확인해볼 것이다.

다음 날, 수경은 밤에 무무사에 들러 노트를 펴보았다. 물류창고 단기 알바를 하고 퇴근하던 길이었다. 노트를 펴보니 무무사 주인장이 쓴 답이 주황색 볼펜으로 적혀있었다. 수경은 눈을 크게 뜨고 심호흡을 한 번 하고 글을 집중해 읽었다.

- 제가 무무사 사장이라서 하는 말이 아니고, 저에게는 소원을 들어줄 능력이 있어요. 사진을 찍어드리고 면접 합격 소원을

이루어 드릴게요. 시간은 모레 목요일 저녁 7시에 무무사로
오세요.

수경은 무지개 노트에 '네, 알겠습니다. ^^'라고 답글을 달고
얼른 사진관을 달려 나갔다. 면접 사진을 찍어주면 반드시 취
업에 합격한디는 이야기는 처음 듣는 거였지만, 뭔가 이 무무
사에 특별한 초능력이 있어 어쩌면 이루어질 것 같다는 생각도
들었다.

당장 집으로 달려가서 옷장을 열어 흰 셔츠와, 스커트 그리고
검은 재킷을 꺼내어서 몸에 대보았다. 백화점 중가 브랜드에서
면접 정장용으로 산 옷들이었다. 보통은 이것보다 싼 옷들을 인
터넷 쇼핑몰이나 전철역 보세 옷집에서 사지만, 취업용으로 조
금 더 돈을 들여서 다 합쳐 10만 원 넘게 주고 산 옷들이었다.

주름이 져 있어, 다리미를 켜서 옷들을 다려 옷걸이에 걸고 방
문 손잡이에 걸어두었다. 마음이 설렜다. 좋은 직장은 좋은 사람
들을 만나게 해주고, 아울러 좋은 배우자감을 만나는 길도 되고
미래에 행복이 가득한 길로 열어주는 거라 생각해왔다.

이제 그 꿈을 무무사에서 시작해서 이룰 수 있다는 생각에 조
금은 희망에 부풀었다.

무무사에서 면접 사진을
찍으면 합격보장

약속 시간, 수경은 면접용 정장을 갖춰 입고 무무사 사장을 기다렸다. 옷을 갖춰 입고 화장을 하는 데 정신이 팔려 그냥 맨발에 삼선 슬리퍼를 신고 왔다. 동네만 신고 다니는 신발인데, 바스트 샷만 찍으니 뭐 어떠랴 하는 마음도 있었다. 하지만 첨 뵙는 사진관 사장님이 건방지다고 여길까 마음에 걸렸다. 집에 다시 들렀다 오려고 했지만 그러면 시간에 늦는다.

약속 시간 5분 전이다. 수경은 조용히 테이블에 앉아서 기다렸다. 그러다 긴장돼서, 무무사 입구에 걸린 무지개 모양의 키링이 달린 열쇠를 들고 화장실에 다녀왔다.

무무사에 들어서는 순간 놀랐다. 머리를 묶고 베이지색 리넨 셔츠에 편한 남색 퀼로트 팬츠를 입고 있는 여성이 카메라 진열장을 열어서 확인하고 있었다.

"혹시 사진 찍어주신다는 분이세요?"

여성은 수경의 말에 천천히 뒤돌아보았다. 나이는 30대 후반이나 40대 정도로 보였는데, 짙은 눈썹과 또렷한 눈, 단정한 코와 입술이 조화를 이루었다. 인상은 온화해 보였는데, 경쾌해 보이는 분위기도 있었다.

"반가워요. 무무사 주인장 이연주입니다."

연주가 손을 내밀었다. 수경은 다가가 천천히 악수했다.

"아, 사진작가님이세요?"

"작품을 책으로 내거나 발표하지는 않으니, 여기 사장님쯤으로 해두죠. 주인장입니다, 후후."

"사진 잘 부탁드립니다."

수경은 90도로 인사를 했다. 그러고 나서 사진기 장비를 꺼내 사진 찍을 준비를 하는 연주를 살폈다.

연주는 자그마한 카메라를 익숙하게 들고 렌즈와 조리개, 촬영 모드 등을 살폈다.

"저어, 사진이 잘될까요?"

수경이 거울을 보고 화장을 고친 후 조심스레 물으며 다가왔다.

"걱정 말아요. 이건 미러리스 카메라라고, 기존 DSLR 카메라에서 거울과 펜타프리즘을 없애고 무게를 줄여서 만들어진 건데, 잘 나옵니다."

"그게 아니고, 정말 여기서 사진을 찍어주시면 취업하고 싶은데 붙을 수 있을까요?"

연주는 고개를 들어 수경과 눈을 맞추었다.

"걱정 말아요. 무무사에 흥미로운 이야기를 남겼으니, 제가 사진 찍어서 소원 이루어드릴 테니까요. 일반 사진관에 있는 대형 카메라 기종은 없지만, 이 미러리스 소형으로 좋은 결과 낼 수 있어요. 소. 원. 성. 취."

수경의 얼굴이 밝아졌다.

"저 준비됐어요."

"그럼 저기 창문을 등지고 서봐요. 조명기 켤게요."

연주는 조명기구를 가져와 환하게 무무사를 밝혔다. 저녁, 밖은 어슴푸레했지만, 무무사 안은 환했다.

연주는 촬영모드, 셔터스피드와 조리개를 알맞게 설정하고, 플래시를 켰다. 연주는 시범적으로 사진을 찍어본다면서 슬슬 수경에게 개인적인 이야기를 물어보았다.

"무지개 노트에 적은 데에 사진을 제출하려는 거예요?"

"네. 그런데 사진이 잘 나오면 갖고 있다가 다른 곳에도 언젠가 면접 볼 때 쓰려고요."

"그렇군요. 연속사진으로 찍어볼 테니까 얼굴을 미소 짓기도 하고 진지하게 하기도 하고 그래봐요. 그리고 프로필 사진도 찍어줄 테니 거기 있는 책을 들기도 하고 자연스럽게 몸을 사선으로 돌려보기도 해봐요."

수경은 처음에 어색했으나, 연주와 이런저런 이야기를 나누면서 점차 자연스럽게 표정을 지어보았다.

찰칵찰칵.

"뭐 취미나 잘 하는 동작 있을까요?"

"글쎄요."

"아까 발레핏 운동 배웠다면서요."

수경은 고개를 끄덕였다. 작년에 근처 필라테스 학원에서 발레핏 운동을 잠시 배웠다고 좀 전에 이야기했었다.

"발레 동작 기본적인 것 해봐요."

"그래도 돼요? 면접용 사진인데요."

"일단 몸이 굳은 걸 풀어야 최대한 자연스러운 얼굴 사진이 나오니까요."

수경은 일어나서 두 손을 든 후에 왼손을 내리고 오른손을 들어올렸다. 손가락 끝에 힘을 주어서 최대한 뻗었다. 연주는 찰칵찰칵 셔터를 누르면서 여러 컷의 사진을 찍었다.

며칠 후, 연주는 무무사 테이블에 달린 서랍에 사진을 두고 간다고 톡을 주었다.

수경은 무무사에 달려갔다. 그리고 문을 열고 들어가 테이블 아래 서랍에서 봉투를 꺼냈다. 그 안에서 면접용 사진 인화된 것을 뺐다.

수경은 감사하다는 메모를 무지개 노트에 남기고 사진을 들고 집으로 가서, 이력서에 붙였다.

그리고 스캔을 떠서 이력서를 회사 이메일로 보냈다.

다음 날 오후에 수경은 면접 합격 문자를 받았다.

현수경 님

면접 전형에 합격하였음을 알려드립니다. 내일 오후 5시까지 사무실로 와주십시오. 첫 만남인 만큼 시간 약속을 엄수해 주시고, 편한 마음으로 오셔도 됩니다. 업무 인수인계는 오시면 차근차근 설명해드립니다.

강지훈 부장 드림

수경은 손을 들고 방에서 천장에 손바닥이 닿을 만큼 와 하면서 뛰어올랐다.

얼른 톡으로 무무사 사장님에게 합격했다고, 정말 감사하다는 메시지를 보냈다. 아직 안 읽고 계신 걸로 보아 일을 하는 중인 것 같았다.

수경은 옷장을 열어서 첫 출근에 입을 정장을 꺼내보았다. 면접용으로 사둔 검은색 슬랙스에 하얀 셔츠를 입었다. 그리고 니트 베스트를 걸치니 그럭저럭 꾸안꾸 룩처럼 보였다.

다음 날, 사무실로 첫 출근을 하였다.

강 부장은 키가 크고 체격도 좋았다. 센스 있는 슈트를 입고 안경을 끼고 머리는 가르마를 타서 잘 넘겼다. 나이는 30대 후반 정도로 보였다.

"반갑습니다, 현수경 님."

"네, 안녕하세요. 여기 그간 일한 포트폴리오 들고 왔어요, 잘 부탁드립니다."

강 부장은 의자를 권하고 냉장고에서 음료수를 꺼내 수경에게 건넸다.

"우리 회사는 기후 관련해서 제로 웨이스트를 지향하는 스타트업입니다."

강 부장은 안경을 낀 눈으로 싱글거리면서 수경과 시선을 맞추었다.

"업사이클이나 리사이클, 자원 순환 등에 관해 사업을 구상 중인데, 일단 그 환경 관련 자료들을 모두 정리해 입력하고, 통합 디자인된 문서로 만들어 주시면 됩니다."

강 부장이 건넨 서류들을 모두 워드로 쳐서 하나의 문서로 만들면 된다고 했다.

"제법 두꺼운데, 기한이 있나요?"

강 부장은 싱긋 웃었다.

"아니요. 아직 투자받기 전이라 급할 거 없습니다. 이 기업 자료들을 모두 모아서 한 번에 움직이는 거죠. 그러니 아직은 여유가 있어요. 다른 데도 작업을 맡겨서요."

"아, 네. 그런데 다른 직원은 없나요?"

"지금 외근 나가서 그렇고, 어차피 밤에는 혼자 근무하셔야 돼요. 낮에는 사업 관련 일로 직원들이 있지만, 밤에 현수경 씨 혼자 이 서류들을 사무실에서 만들어 나가시면 됩니다."

수경이 고개를 끄덕이면서 대답했다.

"그래서 오늘은 저만 근무를 하는 거군요."

"입사지원 특이사항에도 올렸지만, 밤에 무슨 소리가 나도 그냥 하던 일 계속 하시면 되고 절대 나가보시면 안 됩니다. 누가 불러도요. 화장실에서 물소리가 나면, 하던 일 멈추고 저한테 연락하시고 일단 사무실 뒷문이 있거든요. 그리로 나가셔야 하고요."

수경의 얼굴이 심각해졌다.

"밤에 누가 올 사람이 있나요? 무슨 소리가 나고, 화장실 물소리라뇨?"

강 부장이 수경의 얼굴을 보고 미소 지으며 두 손을 내저었다.

"아뇨. 전혀요. 그게 저, 예전에 이 사무실이 다른 회사였다는데, 자꾸 착각하고 오는 사람이 있어서입니다. 문을 쾅쾅 두들겨도 절대 열어주시면 안 되고요. 아셨죠?"

수경은 뭔가 이상하고 껄끄러운데 돈도 너무 필요하고 해서 일단 알았다고 했다.

"그럼 오늘 저녁 이 시간 이후로 근무하시고, 내일도 이 시간에 와주세요. 그리고 가끔 현장 외근직으로 돈 받아올 데가 있을 수 있는데 그건 나중에 알려드릴게요."

수경은 강 부장이 퇴근한다고 하자, 꾸벅 인사를 했다.

그녀는 서류를 들고 컴퓨터 파일을 만들어 입력을 성실히 했다. 워드 치는 일이야 단조롭지만 그래도 쉬운 편이었다.

표는 엑셀을 열어 만들어 가면서 작업을 했다.

그렇게 3일을 일했다. 주말, 강 부장이 수경의 계좌로 주급을 넣었다. 수경은 감사하다고 하고, 무무사로 가서 커피를 뽑아 마시면서 노트에 적었다.

- 사장님, 정말 고맙습니다. ^^

여기서 사진을 찍고 이력서와 같이 냈는데 회사에 취직도 되고, 밤마다 가서 일을 하고 있어요. 워드를 치는 일인데 그렇게 어렵지 않아요. 우려했던 것처럼 밤에 뭐 이상한 일이 생기는 것도 아니고요. 혼자 야근이지만 보람차요. 나중에 다시 올게요. 이건 선물입니다. 감사합니다.

수경은 노트를 덮고 무무사에 허브 화분 작은 걸 선물로 두고 갔다. 주말이 지났다. 월요일 저녁에 회사에 출근해 여느 때처럼 워드를 치고 서류를 만들면서 작업했다. 근무하다 보면, 11시가 되었다. 이제 11시 30분까지 근무하고 가면 된다.

한참 작업에 박차를 가하는데, 누군가 문을 쾅쾅 두드렸다.

수경은 온몸에 소름이 돋았다. 뒤돌아보거나 문을 열어 주거나 대응이 있으면 안 된다고 했는데, 어떻게 하지 싶었다. 갑자기 조용해졌다. 수경은 뭔가 이상해 일단 사무실 전등을 끄고 기다려보았다. 문을 두드린 사람이 돌아가 줬으면 했다.

더 소리가 없어 다시 자리에 앉아 워드를 치려는데, 갑자기 쾅쾅 소리가 나고 '문 열어!' 하는 소리가 크게 들렸다. 수경은 다시 몸을 낮추고 스탠드도 껐다.

수경은 조심스레 문가에 접근해 누가 왔는가 싶어 살피는데 갑자기 플래시가 환하게 켜지면서 퀭한 눈을 한 허름한 옷차림의 50대 남자가 입을 크게 벌리면서 손가락질로 문을 열라고 했다.

그 남자는 문을 주먹으로 쾅쾅쾅 쳐댔다.

수경은 기절할 것처럼 무서워서 뒷걸음질 쳐서 자리로 돌아왔다. 폰을 들어서 강 부장에게 연락하려고 하는데, 다시 사무실이 조용해졌다.

남자가 사라졌는지 보려다 너무 무서워 일단 컴퓨터 파일을 저장하고, 소지품을 챙겨서 뒷문으로 향했다. 강 부장이 혹시 예전 이곳에 일했던 사람이 찾아와 귀찮게 하면 나가라고 알려준 뒷문이 사무실 구석에 있었다. 강 부장은 뒷문 비밀번호를 알려주면서, 나가서 대기하다가 다시 사무실로 들어오면 된다고 했다.

비상계단과 연결되는 문으로 나가니 화물용 엘리베이터와 계단이 있었다.

수경은 당장 강 부장에게 전화를 걸었다. 신호가 가도 받지 않아 끊으려던 찰나 그가 받았다.

"네, 누구시죠?"

수경은 나급하세 말하면서 목소리를 낮추었다.

"저기요, 사무실에 이상한 남자분이 오셨는데요. 저는 지금 뒷문으로 몰래 나와 있구요, 부장님."

수경은 남자의 인상을 자세히 말했다. 강 부장은 아무 일 아니라는 듯 대답했다.

"아, 수경 씨. 그분요? 괜찮아요. 그러다 돌아갈 겁니다. 약간 이상한 분인데 신경 안 쓰셔도 돼요. 오늘은 상황 봐서 일찍 퇴근하세요. 난 또 밤중에 전화 오기에 누군가 했네요. 그럼 이만."

강 부장은 전화를 뚝 끊었다.

수경은 아무리 신입사원이라도 전화번호도 저장 안 하고, 신원 미상의 남자가 사무실에 와도 대수롭지 않게 생각하는 게 의아했다. 하지만 자리로 슬그머니 돌아가 보니 그 남자는 없었다.

수경은 파일을 닫고 컴퓨터를 끄고 가방을 챙겨서 뒷문으로 향했다. 화물용 엘리베이터를 타고 가면 된다. 문은 자동으로 잠겼다. 엘리베이터를 타고 내려오면서 수경은 팔뚝에 소름이 돋았다.

아무래도 홀로 야밤에 사무실에서 근무하는 게 신경 쓰였다. 처음에는 사람도 없어 좋고, 일도 쉬워 워드만 치면 되는 단순 작업이지만, 처음으로 누군가 찾아왔을 때 위험하지는 않을까 하는 생각이 들었다.

수경은 다음 날 무무사에 잠깐 들렀다. 하지만 보통 때처럼 사장님은 없었다.

수경은 노트에 글을 남겼다.

- 사장님, 여기 사진관에서 사진 찍고 좋은 사무실에 취직했지만, 지난 밤에는 좀 별일이다 싶은 일이 있었어요. 밤에 근무하는데, 갑자기 문을 쾅쾅 두드리는 아저씨 때문에 정말 놀라서 상사분께 물어보니까 괜찮다고 퇴근하라고 해서요.
예전에 다니던 분이 착각하고 온다는데, 그분이 맞겠죠? 그럼 이만 출근해야 해서요~

수경이 출근 준비를 하려는데, 강 부장의 톡이 왔다.

- 수경 씨, 원래 내가 할 일인데, 너무 급해 부탁드려요. 제가 알려드리는 장소로 가면 할머니가 오셔서 돈을 건넬 텐데 그걸 받아서 회사로 와줘요. 그리고 문서 작업 하다가 퇴근하면 됩니다.

잠시 후, 수경은 강 부장이 일러준 곳으로 시간에 맞춰 나갔다. 편의점 앞에서 돈을 가지고 올 할머니를 기다렸다.

강 부장이 보낸 톡에 의하면, 할머니가 회사에 입금할 돈을 가지고 오시는데, 그 돈을 받아서 사무실에 출근해 달라는 거였다. 할머니가 은행 일에 어둡고, 회사까지 오기가 힘들어 부득이하게 수경이 대신 받아다 달라는 거였다.

수경은 알겠다고 답을 보내고, 약속 장소에 나와 있었다. 편의점 앞에서 기다리는데, 10여 분이 지나 할머니 한 분이 다가오셨다. 느릿하게 어르신용 보행기를 끌면서 간신히 오셨다.

"아이고, 돈을 대신 받아다 가져다준다는 사람 맞죠? 이름이 현 모라 하던데…."

"현수경이요. 맞아요, 할머니."

"부탁해요. 이거 안전하게 갓다주세요. 나는 시장 가게 보러 이만 간다우. 저어기 시장서 아들하고 같이 과일을 팔아요. 정말 고마워요. 대신에 심부름도 해주고. 이렇게 고마울 데가 있나."

할머니는 수경의 손을 어루만지면서, 두툼한 돈 봉투를 건넸다.

수경은 할머니에게 정중하게 인사하고 회사로 가는 길로 걸어가는데 순간 연주를 만나 깜짝 놀랐다.

"아니, 무무사 사장님!"

"수경 씨, 무지개 노트에 적은 내용하고, 방금 전 나한테 보낸 톡이 신경 쓰여서요."

수경은 연주가 무지개 노트를 보고 톡을 보내서 안부를 묻자 오늘은 은행 일이 쉽지 않은 할머니의 돈을 받아서 회사에 가져다주는 일로 회사 일을 시작한다고, 톡을 보냈었다. 연주가 몇 시에 할머니를 만나느냐고 묻자, 시간과 장소를 간단히 알려주었었다.

수경이 놀라서 물었다.

"헤에, 아까 말씀드린 시간과 장소 보고 오신 거예요?"

"네. 맞아요."

연주는 진지한 얼굴로 수경의 손에 들린 봉투를 보고 물어보았다.

"오늘 이 돈 갖고 그 사무실 가는 거 맞죠?"

연주의 말에 수경은 고개를 끄덕였다.

"아, 맞다. 봉투 조심히 가방에 넣어야 하는데, 히히. 근데 대체 왜 그러시죠?"

"이상해서 그래요. 이 돈 건네준 분이 뭐래요?"

"거동이 조금 힘들어 보이시는 할머니인데 제 손을 잡고 심부름 잘 부탁한다구요."

"혹시 할머니가 연락처 남겼어요?"

"아니요, 돈만 주시고 그냥 돌아서 바로 가셨어요. 일 보러 가셔야 된대요."

연주는 뭔가 생각하는 듯하다 입을 열었다.

"수경 씨, 이런 일은 혼자 처리해선 안 돼요. 요즘 관련 일들이 얼마나 많은데요. 너무 이상해서 일보던 중에 일단 시간 맞춰서 달려왔어요."

수경은 연주의 얼굴에 흐르는 땀을 보았다.

"그러셨구나."

연주는 진중히 제안했다.

"수경 씨, 그 사무실 나하고 같이 가요."

"네. 그럴게요. 근데 설마 별일 있으려구요. 정말로 어제까지만 해도 야근하면서 서류를 워드로 쳐서 올리는 그런 평범한 작업을 했거든요."

"일단 같이 가요. 아직 다른 데 알리기 전에 무슨 일인가 확실하게 알아봐야죠. 함부로 신고하는 것도 그렇잖아요. 사무실이 어디죠?"

수경은 연주와 함께 전철역 부근의 사무실로 바삐 걸어갔다. 회사에 도착하니 저녁이 되어 있었다.

"사장님, 여기가 제 자리이고요…. 아, 강 부장님. 웬일로 일찍 오셨어요?"

강 부장이 다급하게 다가왔다.

"어르신한테 받아왔어요?"

"네. 그리고 이분은 우리 동네 무인 사진관 사장님이신데요."

"돈부터 주세요. 그것만 주고 퇴근해요."

강 부장이 딱딱하게 지시했다. 연주는 분위기를 살폈다.

수경이 돈을 가방에서 꺼내 건네려는데, 연주가 탁 가방을 가로챘다.

"이거 일단 제가 확인 좀 하고 건넬게요."

강 부장이 미간에 주름을 짓고 두 손을 들어서 위압적으로 나왔다.

"수경 씨, 엄연히 회사 업무하는 건데, 뭐 하는 아줌마를 데리고 와서 지금 이게 무슨 짓입니까?! 네?"

"어, 그게 저… 아무래도 사장님이 미심쩍은 부분이 있대서요."

"허 참. 뭐가 미심쩍다는 거죠? 그 할머니는 저희 회사에서 건강 식품을 구매하시고 대금을 주신 겁니다."

연주는 당당히 말했다.

"은행 계좌도 있잖아요."

"수경 씨, 내가 어르신이 은행 업무를 힘들어하니 직접 받아오라고 지시했죠? 네?"

"그렇게 소리 지르지 마시고요. 수경 씨, 그 할머니 신상 정보 아무것도 몰라요? 전화번호 알아 두었으면 무슨 일인지 물어볼 텐데."

"아니요. 몰라요. 아 참, 시장에서 아드님과 과일을 파시는데 가게 보러 가신대요."

"여기 이 동네 시장은 명성 시장밖에 없는데, 일단 내가 시장 상인회에 전화해서 물어볼 테니…."

강 부장이 다급하게 수경의 가방을 낚아챘다.

"어서 내놔. 어서. 난 급한 일 있어 가봐야 되니까."

"어, 그게 저…."

연주가 크게 말했다.

"내가 일단 걱정돼서 가지고 온 척하고 다른 데 숨겨놨어요."

강 부장이 길길이 날뛰었다.

"뭐라고? 야, 니들 대체 뭐야? 어서 그 돈 가져오지 못해?"

연주는 차분히 답했다.

"보통 겁에 질리고 쫄리는 사람이 호통을 치고 소리 지르는 법이죠. 상인회 전화 겁니다."

"저기, 나 급한 일 있어 가니까 내일까지 회사로 돈 가지고 와요."

강 부장이 허겁지겁 들고 온 가방과 재킷을 챙겨서 사무실을 나갔다. 수경은 당황해했는데, 연주가 전화를 걸어서 상인회에 문의를 하고 과일가게 전화번호를 알아냈다.

"수경 씨, 할머니 인상착의 중 기억 나는 게 있어요? 물어봐야 할 텐데."

"있어요. 어르신용 보행기를 끌고 오셨어요. 다리가 불편하세요."

"내가 지금 전화할 테니, 과일가게 물어봐요."

"네, 사장님."

연주는 전화를 걸어서 수경에게 건넸다.

"여보세요. 거기 과일가게 맞죠? 혹시 할머니가 가게 계시나요? 좀 전에 제가 돈을 받았는데, 좀 이상해서요."

전화를 받은 사람은 할머니의 아들이었다.

그렇잖아도 어머니가 돈 천만 원을 안전하게 보관하려면 금융감독원 직원을 만나 직접 건네야 한다고 했다는 것이다. 연주는 당장 경찰에 신고하고, 지하철 사물함에 보관한 돈을 경찰이 입회한 가운데 할머니와 아들이 오는 걸 기다려 건네주었다.

이틀 후, 경찰이 수경에게 경찰서로 나와 정식 조사를 받으라고 했다. 강 부장이 보이스피싱 조직 중 현금 인출 전달책으로 추정되고 본명도 아니라고 했다. 따라서 정확하게 용의자 사진을 보고 강 부장을 지목해야 한다고 했다.

다행히 수경은 연주가 진술을 도와줘서 용의자가 아니고 사기 피해자로 결정이 났다.

사장님, 고맙습니다

일주일 후, 경찰 조사가 마무리되고 수경은 무무사를 방문했다. 수경은 먼저 꾸벅 인사를 했다.

"사장님, 정말 고맙습니다. 만약 제가 그 돈을 강 부장에게 건네서, 아니면 제 계좌로 입금하거나 했으면 저도 조직원으로 의심 샀을지 모른대요."

"다행이에요. 사건에 얽히지 않았지만, 그 강 부장이란 사람이 또 접근할지 모르니 조심해요."

"네. 그 사무실은 저 같은 사회 초년생들을 유인해서 취직시켜 주는 척 만들어 놓은 건데, 제가 걸려든 거죠. 참, 그 사무실에 밤에 찾아왔던 아저씨는 피싱으로 돈을 손해 본 사람인데 강 부장을 계속 미행하다 온 거래요. 이름도 강 부장이 아니고, 한 상무, 오 과장 등등 여러 이름과 직함을 쓴다고 형사님이 말해주셨어요."

연주는 수경의 손을 잡아끌어 사진관 안쪽의 화장품과 소품들이 늘어서 있는 메이크업 공간으로 이동시켰다. 둘이 거울을 보면서 이야기를 나누었다.

"수경 씨, 만약 그런 데 취직하는 거면 사진 안 찍어주었을 텐데."

"사진도 찍어주셨는데, 취업 사기를 당해 제가 더 미안해요."

연주는 고개를 저었다.

"내가 더 미안한데 어쩐다⋯. 앞으로 우리 사진관에 와서 일도와요."

"네? 그럼 작가님이 취업시켜주는 거예요?

"사장이라 불러요."

"아, 네."

연주는 수경의 어깨에 손을 올리고 말했다.

"여기서 힘을 키워, 자신감을 얻고 다른 데 면접을 봐요. 지금은 준비가 아직 안 됐잖아요. 노트북 뭐 써요?"

"조립제품요. 브랜드는 알려지지 않은 건데요."

"후후, 스타벅스 가려면 노트북도 최고급 사양으로 가져가야 한다고 우스갯소리가 돌아다니던데, 모든 건 일단 기본을 갖춰야 빛도 나요. 나한테 일도 배우고, 여기서 고객 응대도 해보다가 경력 쌓고 자신감 얻어서 좋은 데 면접 봐요. 그때 사진을 다시 찍어요. 얼굴도 자신의 마음가짐에 따라 달라져요. 확실해, 그건."

수경의 눈가에 눈물이 살짝 맺혔다.

연주가 고개를 저었다.

"안 돼, 눈물은 정말 좋은 날 흘리는 거예요."

"고마워요, 사장님. 그런데 사장님은 어떻게 제가 사기당하고 보이스피싱 관련된 걸 눈치채셨어요?"

연주는 사진관 안쪽에서 셜록 홈스 단편집을 들고 나와 건 넸다.

"셜록 홈스가 나오는 단편소설 중에 〈붉은 머리 연맹〉이라는 소설이 불현듯 떠올랐어요. 오래전에 읽어 잘은 기억 안 나지만 취업 사기를 치면서 은행을 털 생각하는 범죄자들이 나오죠. 홈 스가 그걸 풀어내고요."

"히익! 정말 그 소설 줄거리를 사장님이 생각 안 났다면, 제가 보이스피싱 범죄에 얽힐 뻔했어요."

연주는 일단 알바 시간과 알바비 지급 관련 계약서를 작성하 자고 했다.

"이리로 들어와요."

에어컨과 정수기가 놓인 벽에 자그만 문이 있고, 그 문을 열고 들어가면 작은 사무실이 나왔다. 사무실에는 인화기와 스캐너 등이 있었고, 책상에는 컴퓨터와 프린터 기기 등이 있었다. 수경 은 깜짝 놀랐다. 그간 무무사는 무인인 줄 알았는데, 알고 보니 연주는 이곳에서 CCTV로 무무사 안을 보면서 일을 하고 있었던 것이다. 연주는 작은 원형 테이블의 의자에 수경을 앉으라 권했 다. 그리고 커피포트로 홍차 한 잔을 내려 따라주었다.

"사장님, 이런 공간이 있는 줄 몰랐어요."

"무인가게라고 하지만, CCTV를 설치하고 주인이 이렇게 안에 근무하면서 가게를 살펴요. 그렇지 않으면 쓰레기를 자주 정리해 주기도 힘들고, 가게 관리도 안 되죠. 늘 있는 건 아니지만. 그리고 가게 안에 비치된 셀프 카메라나 필름 카메라로 찍어온 필름을 스캔하거나 현상 인화하는 작업을 여기서 해주고요. 원하는 사람은 셀프로 스캔하게 개방해주기도 해요. 예약자에 한해서."

수경은 연주가 가리키는 구석의 암실을 보았다. 정말 작은 공간에 있을 것은 다 있는 아늑한 곳이었다. 이곳으로 통하는 문은 초록색 벽지로 발라져 있어, 들어가는 모습을 보지 못하고는 알지 못한다.

"히익! 그럼 제가 여기 가게 드나들던 중에 갑자기 뒤에서 부스럭 소리가 나서 혹시 뭔가 귀신 같은 건가 착각한 건 이거 때문이었나요?"

연주가 웃었다.

"후후, 설마요. 하지만 내가 혹시 의자 연결해서 자다가 바닥으로 굴러 떨어졌으면 그럴지도. 그럼 계약 시간과 알바비, 주휴수당 등을 적은 계약서를 출력할게요."

"사장님, 정말 감사합니다!"

수경은 일어나 인사를 꾸벅했다.

수경은 다음 주부터 저녁에 무무사에 나오기로 했다.

첫 출근날 수경은 집에서 거울에 얼굴과 복장을 비추어보았다. 단정한 셔츠와 검정 바지를 입고 출근을 했다.

무무사에 도착해 연주가 보낸 톡을 보고 사진관 안을 치우고 손님들이 버리고 간 쓰레기를 비우고 커피머신에 원두와 기타 음료수 재료들을 채워 넣었다.

그리고 뒤쪽의 사무실 비밀번호를 누르고 들어가서 컴퓨터를 켜서, 연주가 찍어놓은 사진들을 파일별, 폴더별로 정리했다.

수경이 컴퓨터를 종료하고 사진관으로 나와서 인테리어를 살피다가 벽에 걸린 사진을 보았다.

손님들이 남기고 간 스티커 사진들과 연주가 찍은 듯한 풍경 사진들이 보였다.

연주가 외국인 중년 여성과 환하게 웃으면서 트레킹을 하는 모습도 있었다.

황량한 들판의 풍경이 인물들 뒤로 넓게 퍼져 있었다.

중간중간 학생들이 들어와 사진을 찍고 갔다. 수경은 소품을 정리하고 다시 배치했다.

사진관 문이 열리고 수경이 돌아보자, 연주가 야상 점퍼를 입고 들어서는 게 보였다.

"손님 다섯 팀 왔다 갔어요."

"오늘 출장 사진 작업이 있었어요. 어? 퇴근 시간이네? 어서 들어가 봐요."

수경은 연주가 내려놓은 카메라 가방을 유심히 보았다.

연주는 가방에서 카메라를 꺼내서 렌즈를 분리하고 세세하게 닦았다.

연주는 수경에게 카메라를 건넸다.

"들어봐요. 여기서 근무를 하는데 미러리스 카메라 다루는 건 기본이죠. 이건 카메라 몸체이고, 렌즈를 이렇게 끼워요."

연주는 카메라 렌즈를 끼우고 스트랩에 수경의 손을 끼워서 들게 했다.

"친근해져야 하는데, 먼저 뷰파인더로 나를 봐봐요."

수경은 연주가 손으로 가르쳐 주는 데로 뷰파인더로 연주를 보았다. 연주는 진지한 얼굴로 찍어보라고 했다.

"셔터를 눌러봐요."

"그래도 될까요?"

"그럼요, 취업을 한 거니까요. 일도 배워야죠. 자, 플래시를 터 뜨려 봐요. 외장형 플래시는 스트로브라 하는데, 여기 눌러요."

팡, 플래시가 터지면서 연주의 얼굴이 찍혔다. 스트랩을 쥔 손이 약간 떨렸다.

"더 찍어봐요. 이번에는 로우 앵글로 여기, 커피머신하고 카메라 필름 진열장 찍어봐요."

수경은 연주가 가리키는 대로 여기저기 셔터를 눌러 사진을 찍었다.

사진이 하나하나 찍힐 때마다 팡 터지는 뭔가가 있었다. 신이 났다.

연주는 카메라를 전용 가방에 넣었다. 그리고 수경에게 촬영 대상에 따라 전용 모드를 정하는 것과, 노출 보정하는 법, 사진을 리터칭하는 컴퓨터 프로그램 등을 가르쳤다.

수경은 포토스케이프나 포토샵 등의 프로그램 사용법도 쓱 곁눈질로 보았다.

"수경 씨, 자 오늘은 이만 퇴근, 벌써 자정이 넘었어요."

"아, 시간이 어느새 그렇게?"

"무인 사진관에 갑자기 우리 둘이 이렇게 사진을 찍으니 손님이 들어오고 싶어도 놀라서 돌아갔을 거야."

수경이 머리를 긁적이면서 말했다.

"매출 떨어지면 어떡하죠?"

연주가 배시시 웃었다.

"알바 많이 해봤죠? 알바생들은 늘 매출 걱정하더라."

"네. 히히."

"걱정 마요. 출장 사진으로 일당은 그때그때 버니깐."

"그럼, 이만 퇴근할게요. 사장님."

"오케이, 이제 일 있으면 내 조수로 현장 따라다니면서 일 배워요."

"넵, 알겠습니다. 내일은 몇 시에 나올까요?"

"여기 낮에는 무인이 기본이니까, 일단 저녁에 나와요."

"네. 안녕히 계세요."

수경은 가방을 들고 발걸음 가볍게 쌩하니 집으로 돌아왔다. 집 가까운 곳에서 사진 일을 배우면서 알바를 할 수 있다는 데 마음이 놓였다. 기준 시급을 지급하지만, 전문적 일을 배우다 보면 더 나은데 취직할 길이 열릴지 모른다. 그리고 지금은 무무사에 관심이 많고 흥미가 생겼다. 사장님도 뭔가 신기한 사연이 있는 것 같고, 사진작가가 입을 법한 주머니가 많은 조끼 옷차림이며 긴 머리를 올려 묶은 헤어스타일이 독특하다. 게다가 태도나 행동이 경쾌하고 멋지다.

수경은 두 손을 가슴에 얹고 배시시 미소를 지으면서 꿈나라로 갔다.

입으로는 무무사, 무무사를 중얼거리면서 모로 누워 뒤척였다.

무무사의 일은 보통 스티커 사진기의 현금이나 카드 매출 전날 거를 다음 날 정리하고 청소하고 소품을 정리했다. 커피머신에 원두를 채우고, 무지개 노트를 살폈다.

무무사에 여느 때와 같이 사연들이 무지개 노트에 적히기도 하고, 사진만 찍고 가는 사람들도 많았다. 자판기에서 일회용 카메라를 구입하거나, 안내판에 쓰인 대로 자신이 찍은 사진을 출력기에서 출력하는 손님도 있었다.

수경은 가게에서 일어나는 일들을 전반적으로 관리하고 정리하면서 사연을 읽어보고 추천할 만한 것은 연주에게 보고했다.

연주는 글마다 답을 짧고 길게 각각 달아주었다. 먹고살기 힘들다는 글에는 기운 차리라 보다는 현실적 조언과 뼈 때리는 충고를 하기도 했다. 연주가 장사를 하면서 겪은 일화를 적어주기도 했다.

수경은 무무사에 있는 여러 사진집들을 살펴보았다. 구석에 쌓여있는 사진작가들의 사진은 인상적인 느낌을 주었다. 수경은 근무하면서, 주경야독하듯 사진집을 하나하나 보고 읽어나갔다.

1930년대 미국 여성 노동자 사진을 찍은 도로시아 랭의 사진은 가난과 인생의 고단함, 상념을 잘 보여주었다. 흑백 사진을 하나하나 손으로 어루만졌다. 시골에서 농사를 짓는 부모님이 떠올랐다. 수경은 부모님에게 서울로 유학 간 딸이다. 많은 기대를 하시지만 아직은 제대로 직장도 못 찾고 돈만 까먹는다. 언젠가 아빠가 말했다.

"공무원 시험 준비해볼래? 공무원들이 여기서도 가장 안정적으로 돈을 벌더구나."

수경은 취직자리를 알아본다고 했다. 아빠는 저번 추석에는 여기 내려와 같이 일하자고도 하셨다. 농촌진흥청 등에서 지원받은 청년 농부들이 있는데, 무척 의젓하고 대견하다고도 하셨다. 수경은 아직은 내려가고 싶지 않았다. 서울에서 직장을 다니면서 결혼할 사람도 찾고 싶었다. 지방에 내려가면 누구누구의

딸로 동네 어른들 모두에게 인사를 드리고, 어디를 갔다 와도 어디 다녀왔느냐는 질문을 받는다. 친근한 동네지만, 한편으로 익명성 있는 도시가 좋았다. 그러나 도시에서는 기댈 데가 없고 다들 무표정한 얼굴로 맞이하는 것도 피로했다. 하지만 익명성에 묻혀 조용히 살 수 있다는 것 그리고 도시의 여러 직장에서 일할 기회가 있다는 게 좋았다.

지금은 무무사에서 알바를 하는 신세지만, 그래도 틈틈이 구인 공고를 찾아보았다.

수경은 이번에는 양승우 작가의 사진집을 보았다. 일본 야쿠자들과 그들의 아내나 애인을 찍은 사진들이 무척 인상적이었다. 양승우 작가는 조직원으로 활동하던 친구가 너무도 허무하게 가버려 주변 지인들의 사진을 남기게 되었다고 했다. 용 문신이 가득한 조직원이 아기를 안고 있는 모습이 인상적이었다. 길거리 생 날것 같은 험한 인생을 사는 사람들의 세계는 특이했다. 수경은 사진학 개론 책들과 촬영기술을 설명하는 책들도 꼼꼼하게 읽어나갔다.

무지개 노트에 적힌
기이한 2천만 원 사연

며칠 후, 무지개 노트에 특이한 사연이 적혔다.

- 저는 여기 사진관 노트에 흥미로운 이야기를 적고자 합니다. 제 사진을 찍어주세요. 남편은 두 달 전에 이혼하고 떠났습니다. 제가 뒤룩뒤룩 살찌고 관리 안 한다고 면박주고 갔는데, 사실은 남편은 아무래도 젊은 여자가 있는 것 같습니다. 저보고 쓰라고 주고 간 돈 2천만 원은 사실 뒤가 구리니까 그런 게 아닐까요? 저도 재혼을 하고 싶어요. 결혼정보회사에 넣을 사진을 찍어주셨으면 합니다.

그 글 밑에 시간 차를 두고 또 다른 글이 거칠게 적혀있었다.

- 여기 사진관에 비싼 물건을 두고 갔어요. 찾으러 올 테니 함부로 꿀꺽 삼키지 마세요, 경찰에 신고합니다.

저녁에 출근해 사연들을 살피다 수경이 이 글을 연주에게 보였다.

"사장님, 이 사연 적은 사람이 비싼 물건을 두고 갔다는데요?"

연주가 고개를 끄덕이면서 일어나는데, 갑자기 무무사 문이 확 열리면서 퉁퉁한 체형의 중년 여성이 화를 버럭 내면서 들어왔다. 얼굴은 벌겋고 머리는 온통 헝클어지고, 옷은 단추가 풀어져 있는 상태였다.

"여기 내 샤넬 백 내놔! 이 도둑들아!"

"네에?"

수경이 놀라는데, 그 여성이 수경을 확 젖히면서 무무사 안을 이 잡듯이 뒤졌다. 종이컵을 던지고, 노트를 던지고, 의자를 내팽개치고 여기저기 살피면서 외쳤다.

"내 샤넬 백 어디다 뒀어? 응? 나 경찰에 신고한다."

연주는 한숨을 쉬고, 사무실 안에 들어가 쇼핑백을 들고 나왔다.

"잘 두었으니 가져가시지요."

"흥. 왜 챙겨가려다 걸리니까 주는 거냐? 요즘 CCTV 확인하면 다 나오니까?"

"그런 의도 없으니 어서 가져가시죠."

"여기 사진관 소원 들어준다면서?"

중년 여성이 이렇게 말하자 수경의 눈이 화들짝 커졌다.

"내가 패션피플들의 사교생활 사이트에서 봤다, 왜?"

수경은 걸렸다 하는 얼굴로 연주와 중년 여성을 번갈아 보았다.

30대 여성 유저들이 많은 사이트에 소원을 이루어주는 무인 사진관이라고만 적었는데, 댓글에 누가 동네를 물어 자세히 적은 게 그만 여기인 게 들통난 것이다.

'설마 그 글을 보고 찾아오는 사람이 있을 줄이야.'

연주는 차분히 말했다.

"소원도 들어줄 수 있는 사람만 늘어드리니 이만 돌아가시죠. 더 방해하시면 저희도 경찰을 먼저 부를 테니까요."

중년 여성은 꼬리를 내리면서 조용히 고개를 숙이고 핸드백을 챙겨서 무무사를 나갔다.

그제야 보니, 고급 샤넬 백과 구겨진 셔츠와 반바지 그리고 직직 끌고 온 슬리퍼가 이질감을 들게 했다.

"별 이상한 사람이 다 있네요. 참 나. 아 그거 글 올린 거는…."

"수경 씨. 신경 쓸 거 없어요. 장사하다 보면 정말 별일 다 겪어요. 어쩌면 그래서 무인 숍을 하는지도요. 하지만 결국 무인 숍도 사람이 와서 팔아주는 곳인 걸요. 하던 일 해요. 참 커피머신 청소해주세요."

"네, 알겠습니다. 사장님."

연주는 아무렇지 않게 뒤쪽의 사무실로 들어갔다. 수경은 커피머신을 청소하고, 쓰레기를 정리하고, 셀프 사진기 현금과 카드 정산을 확인했다. 그리고 큐알 코드를 찍어 개인 정보를 남긴 고객들에게 감사 메일을 보내는 것도 잊지 않았다.

통통한 여인은 이틀 후 무무사를 저녁에 찾아왔다.

기물을 부수었던 지난번과 달리 기세는 완전히 꺾여서 미안해하는 얼굴로 고개를 푹 숙이고 연달아서 사과했다. 연주는 흐음, 하는 얼굴로 쳐다보았다.

"사진을 찍어주신다고 해서요. 저번에는 죄송했어요."

이름은 서용정이라고 했다.

서용정은 부루퉁한 얼굴로 말했다. 서용정의 손톱에는 자그만 하트가 그려진 네일아트가 돋보였다. 헤어나 얼굴 화장도 공들여서 했고, 옷차림도 신경 써서 하얀 셔츠를 단정하게 입었다.

"정말 소원을 들어주나요? 여기서 소원을 들어준다면 어떤 대가도 치를 수 있어요."

연주는 고개를 끄덕였다.

"일단 그 이야기가 저에게 당기는 흥미로운 이야기라면 가능하죠. 말씀해보세요."

서용정은 머리를 하나로 모아서 곱창 밴드로 묶고 나서 고개를 끄덕였다.

"누구보다 가련하게 남편한테 버림받은 여자 이야기라면 흥미를 끌라나요? 그 이야기와 제가 두고 간 샤넬 백이 관련이 있어요. 그리고 2천만 원을 다 써야 해요. 그 이유도 말씀드릴게요."

서용정은 수경이 건넨 따뜻한 커피를 조심스레 마셨다. 봄이지만 쌀쌀한 바람이 부는 날이었다. 무무사 안은 주황색 전등으로 포근하게 그녀들을 감쌌다. 밖에는 지나다니는 사람이 많지 않았다. 오롯하게 이야기에 집중할 시간이었다.

"남편이 바람이 났는지는 모르겠어요. 하지만 그가 이혼을 요구한 건 넉 달 전이에요."

서용정은 그날도 맨 얼굴에 통바지와 허름한 티셔츠 차림으로 지녁 반찬을 만들고 있었나. 남편이 좋아하는 부지깽이나물을 들깻가루에 무치고, 달걀 노른자를 풀어서 당근, 양파, 브로콜리를 다져 넣고 계란말이를 했다. 조개를 넣은 미역국에는 얼큰한 맛을 내게 청양고추를 두엇 넣었다. 남편은 회사에서 아직이었다. 요즘 잔업이 많은지 자주 늦었다.

결혼한 지 7년 차, 아이는 생기지 않았고 그동안 데면데면하게 산 지는 3년 정도 된 것 같았다. 거울에 비추어보면서 땀을 닦는데, 결혼 전과 다른 여성이 있었다. 결혼 전보다 15킬로가 넘는 몸무게가 붙은 뒤룩뒤룩 살이 찐 여자였다.

"자기관리를 좀 하라구."

서용정은 남편의 잔소리를 듣고 늘 머리를 긁적였다. 남편이 끊어준 피티를 받으면서도 식욕이 줄지 않아 살이 빠지지 않았다. 산부인과를 가서 물어보니. 5센티의 자궁 근종으로 아기를 갖기도 힘들다는 진단이 나왔다. 크기가 더 커지면 자궁을 들어내야 할지 모른다 했다. 병원 진단을 말해줘도 남편은 별말이 없었다. 근종의 사이즈를 줄이기 위해서라도 살을 빼야 했지만 집에서 반찬 만들어 남편 먹이는 게 낙인 서용정으로서는 좀체 빠지지 않았다.

워낙 집에서 있는 걸 좋아하고 책이나 음악, TV 감상이 낙이었다.

남편은 연락 없이 밤늦게 들어왔다. 그런 일들이 잦아졌다. 하는 수 없이 저녁을 혼자 먹고, 나물 등 반찬을 반찬 그릇에 담아 냉장고에 넣고 식용유가 튄 티셔츠를 갈아입으려는데 남편이 들어오는 소리가 났다.

"여보, 왔어요?"

남편은 서용정을 노려보고는 방문을 쾅 닫고 들어갔다. 이러는 일들이 많아졌다. 그간 잠자리도 갖지 않았다. 어느 날은 남편이 잠자리를 갖다가 서용정의 뱃살을 보고 한숨을 푹푹 쉬고는 각방을 썼다. 서용정은 못내 서운했지만 친정 부모님도 다 돌아가시고 형제도 외국에 살고, 친구도 지방에 있어 그냥 늘 그렇듯 혼자 삭였다.

넉 달 전, 남편은 퇴근 후에 서용정에게 종이를 내밀었다.

"이혼해 줘. 위자료로 일단 2천만 원 줄 테니, 그거 쓰고 싶은 데 써. 솔직히 사랑하는 마음이 전혀 없어. 당신도 그렇지 않아?"

그날 남편은 이혼 서류와 5만 원권으로 2천을 주고 방으로 들어갔다.

서용정은 충격을 받았다. 남편을 싫어하지 않았다. 하지만 그가 거리를 두자, 순응을 하면서 그의 마음이 돌아오기를 바랐던 것이다. 반찬에 신경 쓰면서 정성을 다했다. 그날 밤 서용정은 남편의 방문을 두드렸지만 열리지 않았다. 그리고 남편은 행동을 고치겠다고 적은 그녀의 톡을 읽지 않았다.

남편은 다음 날 짐을 싸서 다른 데 방을 얻어 나갔다. 그리고 곧 선셋집을 정리할 테니 나살 곳을 알아보라고 했고, 전세금 빠지면 반을 준다고 했다.

서용정은 청천벽력 같은 소리에 충격을 받았다. 다음 날부터 남편에게 전화를 해보았지만, 남편은 전화를 받지 않았다. 직장에 용기를 내어 전화했지만 그가 직장을 옮긴 걸 말 안 해줘서 망신을 당했다.

일주일을 집에서 우두커니 TV를 틀어놓고 울다 지쳐 자다 밥 시켜먹고 그렇게 지냈다. 끼니를 걸러도 얼굴이 퉁퉁 부었고 살은 안 빠졌다. 그리고 두들겨 맞은 듯이 온몸이 아팠다.

그렇게 며칠을 더 보내고, 서용정은 차라리 죽기 전에 남편이 두고 간 돈이나 써보자 싶었다. 그간 남편이 준 생활비를 아끼고, 자신도 식당 주방 알바를 해서 번 돈을 아껴 7천만 원의 적금이 있었지만 한 번도 깬 적이 없었다.

성형시술이나 피부과를 다닌 적도 거의 없었고, 옷도 5만 원 넘는 걸 산 적이 없었다. 돈을 모아 미래를 위해, 그리고 아기가 생긴다면 공부를 시켜주려고 했다.

서용정은 2천만 원을 들고 백화점에 갔다. 그간 동네 슈퍼나 마트, 시장에서 옷과 음식을 사느라 백화점도 거의 간 적이 없었다. 서용정은 연주와 수경에게 차분하게 말해나갔다.

"백화점 간 적이 거의 없어 뭘 살지 모르겠어요. 어버이날 시어머니 선물 사러 간 게 다일까요. 4층에 가서 구두와 옷을 봤는데, 그렇게 바지 하나에 몇십만 원 하는 줄 잘 몰랐죠. 부모님이 일찍 돌아가셔서 친척집 전전하면서 알바하면서 공부하고 살았거든요. 그렇게 하염없이 돌다가 샤넬 백이 눈에 들어왔어요. 그간 뉴스에서 젊은 사람들이 결혼 예물로 많이 사고, 줄서서 산다기에 일단 샤넬 매장으로 갔어요. 그리고 가장 작은 백을 집었는데, 700만 원이었어요. 그걸 하나 사서 나왔고 그게 여기 사진관에 두고 간 백이에요."

연주는 조용히 고개를 끄덕였다.

서용정은 백을 내밀었다.

"이게 그 백이죠."

그녀는 검은색 가죽의 샤넬 백을 수경에게 건넸다. 수경도 처음 만져보는 것이라 조심스레 살피고 건넸다.

연주는 차분하게 물었다.

"그럼 지금 돈은 다 쓰셨나요?"

서용정은 천천히 고개를 저었다 .

"그 돈은 다 써버리고 싶었지만, 300만 원은 시설 아동 자립지원금으로 단체에 기부하고, 지금은 천만 원 남았어요. 그리고 두 달 전… 이혼했어요. 이사할 겁니다.”

연주는 잠시 침묵하다 물었다.

“소원이 뭐죠? 재혼인가요?”

서용정은 잠깐 생각하고 눈시울이 붉어지다가 입술을 파르르 떨면서 답했다.

“남편이 후, 후회했으면 좋겠어요. 나를 떠난 걸….”

서용정이 훌쩍거리다 우는데 수경이 티슈를 건넸다.

연주가 차분하게 말했다.

“알겠어요. 사진을 찍으시면 소원이 이루어질 겁니다.”

“정, 정말요?”

“네. 그런데 조건이 있어요. 저는 사진관에서 사진을 찍는 게 아니라, 서용정 씨 일상 사진을 찍을 겁니다. 그리고 천만 원 남은 돈을 제게 주세요.”

수경이 깜짝 놀랐고, 서용정은 담담하게 고개를 끄덕였다.

“소원을 들어준다면 못 줄 것도 없어요. 어차피 백화점에서 비싼 옷을 도저히 못 사겠어요. 제 소원을 들어주는 데 써 주세요. 제가 부모님 가시고 나서 연애를 하고 결혼해 유일하게 의지한 사람이 이렇게 큰 배신을 했다는 게 못내 가슴에 사무쳐요. 이제 어떤 사람도 믿지 못하고 살 거 같아요. 여기 있습니다. 계속 들고 다녔는데, 쓰지 못했어요. 돈도 써본 사람이 쓰나 봐요. 지금

알바를 다시 나가고, 생활비는 벌고 있으니 걱정 마세요. 가져가
세요."

서용정은 백에서 5만 원 권으로 된 다발을 두 개 꺼냈다. 천만
원이었다. 연주는 말없이 돈을 챙기고 서용정의 집에 출장 사진
을 찍으러 갈 날짜를 잡았다.

며칠이 지나, 사진 찍을 채비를 마치고 수경과 연주는 서용정
이 적어준 약도로 걸었다.

서용정의 집은 무무사에서 멀지 않아 걸어갈 만했다. 지은 지
10년은 됨직하고 작은 방 두 개가 있는 빌라였다. 남편이 나가고
잠시 혼자 있는다 했고, 나갈 집을 알아본다고 했다.

서용정은 옷가지들과 물건들을 치우면서 부끄러워했다.

"최근에 저 혼자서만 있었는데, 손님들 오니 더 치워둘걸요."

"아뇨, 그냥 두시고 일상을 하는 그대로 행동해보세요."

연주는 조명기를 환하게 켜고, 커튼을 모두 열었다. 그리고 온
갖 등을 켰다.

"어떤 일을 주로 하세요? 일상을 잡아보려면 라이프 사이클을
알아야 해요."

"그게 저, 보통은 거실에서는 TV를 봐요. 요리 프로도 보고 영
화나 드라마도 보구요. 남편에게 맛있는 거 해주고 싶어 부엌에
서도 재료 다듬느라 시간 보내요."

"수경 씨, 부엌으로 카메라 각도 잡아볼까요?"

"네. 사장님."

연주와 수경은 미러리스 카메라와 조명기를 들고, 부엌으로 이동했다.

연주는 수경에게 설명했다.

"촬영 모드를 M으로 설정하고, 셔터스피드는 1/60, 외상 쓸때시 이렇게 켜두고, 초점을 맞춘 후에 구도를 맞춰보고요."

"네. 근데 일상 사진을 어떤 방식으로 잡아야 할지. 인물하고는 또 다른 것 같은데요."

"서용정 님, 평소 부엌에서 요리하는 행동 자연스럽게 해보세요."

"아, 어떻게 할지…."

"그냥 하시던 대로 하세요. 남편을 위해 요리하던 그 순간을 연출한다 싶은 게 아니라 자연스레 해보세요."

서용정은 거울을 보면서 헤어를 다듬고, 얼굴에 팩트를 발랐다. 그러고 보니 지난번보다 메이크업도 정교하게 했고 머리 손질도 했다. 옷도 흰색 셔츠를 입었다. 연주가 먼저 사진에 잘 나오게 옷은 밝은 계열로 입으라고 부탁했다.

연주는 수경에게 여벌의 미러리스 카메라를 건넸다.

"포즈를 기다려야 해요. 모델이 자연스러운 포즈가 나올 때까지 작가는 기다려야 해요. 카메라 들고 기다려봐요."

서용정이 두꺼운, 오래되어서 손때가 탄 노트를 펼쳤다.

"저는 반찬을 만들 때 혹시 며칠 전에 한 것과 겹치는지 살펴보거든요. 여기 반찬 노트에 일단 메뉴를 적고, 재료와 조리법을 간단하게 적어놔요."

서용정이 필기하는 걸 연주가 보다가 카메라로 몇 컷을 찍었다.

"지금 그 모습 자연스럽고 좋아요. 찬찬히 하나하나 해보세요."

수경은 미러리스 카메라를 들고 대기했다.

수경은 조용히 서용정이 양파와 감자를 다듬는 걸 지켜보았다. 서용정이 의자에 앉아 다듬다가, 그대로 바닥에 신문지를 펴고 재료를 늘어놓는 걸 놓치지 않았다.

연주가 수경의 어깨를 살짝 당겨서 사진 찍기 좋게 각도를 만들어 주었고 수경은 찰칵찰칵 플래시를 터트리면서 서용정의 포즈를 세심하게 찍었다.

서용정은 철푸덕 앉아서 재료를 일일이 다듬었다. 그리고 도마를 놓고 얇게 채를 썰었다.

가스레인지 위의 조리 팬을 달구어서, 기름을 조금 넣고 감자와 양파를 동시에 넣었다. 쏴아아아 감자 볶는 소리가 요란하면서 소금과 후추 그리고 당근 채 썬 것을 조금 넣고, 감자볶음 반찬을 순식간에 만들었다.

연주는 어안렌즈로 바꿔 끼워서 반찬을 담은 접시가 돋보이게 사진을 연속으로 찍었다.

작업이 끝난 후, 서용정은 사진이 보고 싶다고 해서, 자신의 노트북을 열고 사진을 다운받았다.

"제가 이렇게 요리하는 줄은 몰랐네요. 꼭 식당 주방장 같은데요?"

수경이 빙그레 웃으면서 자신이 찍은 사진들을 가리켰다.

"서용정 님이 열정적으로 조리하는 모습이 셔터를 서질로 누르게 했어요. 저, 미러리스 카메라 처음 써봤거든요."

"두 분 식사하고 가세요. 그냥 가시면 저 이거 다 못 먹어요. 물려서."

감자볶음, 오징어채무침, 가지볶음, 고사리나물 등의 반찬을 밥과 함께 먹었다. 수경은 정말 맛있게 먹으면서 질문했다.

"아까 보니까, 조미료도 거의 안 넣던데 정말 맛있어요."

"헤헤. 소금, 후추 조금 그리고 재료 싱싱하고 만든 즉시 먹으면 정말 맛있어요. 나만의 비법인데, 오징어채무침은 고춧가루도 고추장에 조금 넣고, 올리고당을 넣고 불에 살살 달군 다음 무쳐주면 더 맛있죠. 아주 조금씩 저만의 레시피가 있어요. 부끄럽지만 칭찬, 정말 오랜만에 들어봐요…."

서용정의 눈가에 눈물이 살짝 맺혔다.

서용정이 노트북에 사진을 저장하는데, 갑자기 마우스를 이리저리 움직이다 유튜브 스튜디오가 나오고, 유튜브 영상들이 떴다.

"오잉?"

수경은 눈을 둥그렇게 떴다. 투실투실한 살집의 여성이 금색 비키니를 입고 팡팡 뛰면서 케이팝 댄스곡을 부르고 있었다. 유명 걸그룹의 노래이다. 얼굴을 마스크로 가린 여성은 노래를 제법 했다. 아무리 봐도 서용정의 모습이다.

이게 뭐지 싶은데 서용정이 슬쩍 웃었다.

"저 사실… 정말 남편이 내가 여성으로서 매력이 없어 떠났나 싶어, 그냥 심심풀이 삼아 남들에게 인정이나 위로를 받고자 올렸어요."

댓글에는 '노래를 잘 부른다', '섹시하다', '팬이다'라는 글들이 있었다.

연주는 고개를 끄덕이고는 서용정과 시선을 맞추었다.

"하고 싶은 대로 일단 해보는 것도 좋습니다. 다만 너무 개인적으로 접근해오는 사람은 조심하도록 하세요."

서용정은 고개를 끄덕였다.

연주와 수경은 카메라 장비들을 챙겨서 서용정의 집을 나왔다. 무무사로 걸어가는데, 수경이 물었다.

"유튜브 아무래도 좀 그렇지 않을까요?"

"저런 스타일의 비키니 영상도 생각보다 많아요. 다 회사가 끼고 있어 후원금을 받거나 하긴 하는데, 글쎄요. 서용정 님은 알아서 하다 말겠죠."

"나중에 상처받을까 걱정도 돼요."

연주는 진지하게 말했다.

"배우자나 부모님이 돌아가시면 유족은 애도의 기간을 갖는다고 보통 심리학자들이 말하죠. 그때는 엉뚱한 짓을 하거나, 잠을 너무나 많이 자거나 해도 지켜봐야 된다고 해요. 너무 심하지 않다면 말이죠. 그 애도 기간이 끝나야 슬픔을 이겨내고 자신을 돌아볼 시간이 온다고 하니 너무 걱정하지 말아요, 수경 씨. 이혼도 가족을 잃는 아픔이죠."

"알겠습니다, 사장님."

어느덧 무무사에 도착했다. 저녁이 되었고, 몇몇 손님이 다녀갔는지 소품들이 어지러이 놓여있고 카메라를 작동한 흔적이 있었다. 수경은 무무사를 정리하고 연주는 카메라를 정리했다.

보정을 요청하고 요금을 더 낸 손님을 위해 연주는 사진 파일을 열어보고 리터칭 작업을 조용히 했다.

수경도 오늘 찍은 서용정의 일상 사진을 파일별로 정리했다. 사장님은 이 사진으로 어떻게 서용정의 소원을 들어준다는 것일까. 하지만 자신도 취업이라는 소원을 이루었으니 못 할 것도 없다는 생각이 들었다.

2주가 지났다. 연주는 무무사로 서용정을 불렀다. 소원이 이루어졌을까, 수경은 궁금했다. 서용정은 약속한 날 오지 않았다.

도난당한 샤넬 백 내놔

오늘도 수경은 무무사 정리를 하고 연주와 함께 사진 고르는 일과 보정을 연습하고 있었다.

이때, 우당탕 큰소리가 나면서 무무사 기계를 누군가 발로 찼다.

"사, 사장님. 내 샤넬 백 여기 두고 갔어요! 갔다구요! 내놔요, 내놔!"

서용정은 허튼소리를 하면서 분란을 일으켰다.

그녀는 술을 마신 상태로 보였고 손에는 샤넬 백이 들려 있었다.

"아니, 팔에 핸드백 걸려 있잖아요?"

수경이 핸드백을 가리켰다. 서용정은 화를 버럭 내더니, 무무사 가게를 뛰쳐나가 문 앞에 누워서 울고 있다. 엉엉, 아이처럼 우는 서용정을 무무사로 들어오게 했다.

"이봐요, 정신 차려요!"

수경이 수건에 물을 묻혀 와서 흙과 토사물이 묻은 서용정의 얼굴과 손을 닦아주었다.

연주는 서용정이 어느 정도 정신을 차리자, 고개를 바로 들게 해서, 거울 앞으로 데려갔다.

스티커 사진기 안의 거울에 서용정의 얼굴을 그대로 볼 수 있게 손으로 받쳤다.

연주가 매섭게 혼냈다.

"당신 지금 몰골을 봐. 술 먹고 꽐라 되고, 살은 살대로 찌고, 옷은 추레하고 아주 볼만하지, 엉, 안 그래? 이봐요, 남자들이 여자 외모 놀린다고 뭐라 하고 싶겠지만, 지금 시대는 강아지도 털이 지저분하면 관리 안 된다고 주인을 욕해요! 이렇게 관리 안 하고, 남편한테 버림받았다고 진상 부려봤자 달라지는 거 없어! 자신만 더 추레해 보인다구! 이런 고급 백을 들어도 똑같다구요, 알아요?"

서용정은 주정을 하면서 다시 뒹굴려 했다.

"나란 사람은. 음냐냐냐냐…. 이거 봐요, 음냐냐냐…."

연주는 서용정을 사진기 밖으로 데리고 나와, 컵에 정수기 물을 받아서 끼얹었다.

수경이 연주를 말렸다.

연주는 몸을 부르르 떨다가 차갑게 말을 뱉었다.

"이 세상에서 당신만 불운하다고 푸념하지 마. 더한 사람도 다 살아."

수경은 그 말을 하던 연주의 굳은 표정이 마음에 박혔다.

'사장님은 대체 무슨 일을 겪은 걸까? 과거에 어떤 일로 상처를 받고 여기서 무무사를 운영하는 것일까. 그래서 사람을 피하고 무인 사진관을 하는 걸까?'

수경은 연주가 겪었을 과거 상처가 어렴풋이 짐작됐지만, 그 상처 깊이가 어느 정도일지는 전혀 다가오지 않았다.

서용정은 엉엉, 아이처럼 울다 술이 완전히 깨서 무무사 밖의 자신의 토사물을 싹싹 치우고 미안하다고 연신 사과하고 집으로 돌아갔다. 연주는 아무 일 없었다는 듯이 사무실로 들어가서 사진 파일을 정리했다. 주로 필요 없는 사진들을 지우는 것 같았다. 풍경들, 아이들, 놀이동산이나 바다 사진을 하나하나 지워나가는 연주의 얼굴이 무척 어두웠다.

마침 무무사 창밖으로 비가 추적추적 내렸다.

"그만 퇴근해요. 가게는 내가 정리할게요."

연주는 무겁게 말을 하고 사무실로 들어가 문을 닫았다. 수경은 조용히 앞치마를 벗어서 안쪽의 옷장에 걸어두고, 무무사를 나섰다.

어른들의 세계에는 참 아픈 일이 많은 것 같았다. 자신도 스물다섯 해만 살았는데도, 취직 문제로, 돈 문제로, 친구 문제로, 실연당한 일로, 월세가 빠졌는데 급하게 들어갈 집을 못 들어가 거리를 전전한 일로 참 마음이 아픈 시절이 있었다. 그런데 자신보다 20년 가까이 더 산 어른들은 그런 일을 더 많이 겪었을 것 같았다.

대체 언제 몸과 마음이 편해지는지 심히 궁금했다.

집으로 돌아오니 비가 그쳤다. 어둠 속에 자그마한 집으로 들어와 불을 켜니 마음이 좀 편했다.

며칠 후 저녁에 서용정이 무무사에 들어왔는데, 지난번 사진을 찍을 때보다 표정과 분위기가 화사해져 있었다.

"안녕하세요, 사장님. 전에는 정말로 죄송했습니다."

연주는 서용정을 연민의 눈으로 보았다.

"서용정 님, 어떻게 지내세요?"

"여전히 같죠. 집을 구해서 나갔어요. 전세가 빠져서요. 그리고 유튜버는 관심이 식어서 지금은 안 하고, 문화센터에서 들을 만한 강좌 알아보고 있어요."

"무슨 음료로 드릴까요?"

서용정은 커피를 원했고, 수경이 가져다줬다. 연주는 사무실에서 서류봉투와 액자를 들고 나왔다.

"이건 지난번 일상 사진 찍은 것 중에 베스트 샷을 액자로 만들어 드렸어요."

서용정이 요리 재료를 다듬고 프라이팬에 굽는 모습이 담긴 사진이었다.

"어머, 감사합니다. 정말 제가 이렇게 멋져 보이다뇨."

연주는 진지한 얼굴로 말했다.

"드릴 말씀이 있습니다."

서용정은 바르게 앉고 조용히 경청할 준비를 했다.

"말씀하세요."

연주는 심호흡을 하고 조곤조곤 설명을 하기 시작했다.

"좀 불편한 말이 될지 모르겠지만 들어주세요. 지금은 예전과 많이 달라졌어요. 물건 하나를 사도 가성비를 따지고, 결혼도 아주아주 신중하게 상대의 모든 걸 보고 재보고 고릅니다. 남편이 일 안 하고, 집에서 시간을 보낸다면 어떻겠어요. 불편하죠. 그런 것과 같아요. 서용정 님도 요리를 하는 게 그를 위한다는 거지만 배우자는 경제적 능력에 그래도 자기 관리하는 아내를 원할 겁니다. 시대가 변했어요."

서용정은 조용히 고개를 끄덕였다.

"제가 요리를 먹어보니 그 좋은 솜씨를 썩히는 게 아까워요. 여기 가게 계약금에 지난번 저에게 건넨 천만 원 썼고, 경력단절 여성 지원서 여기 출력해 왔으니, 알아보시고 운영 자금도 융통해보세요."

서용정은 연주가 내미는 서류를 받고 핸드폰으로 주방기구들을 살펴봤다.

"정말 생각지 못했어요. 하지만 반찬 만드는 거 어렵지 않아요. 제가 할 수 있는 일 중에 가장 잘할 거예요. 네, 연구해서 장사 시작해 볼게요. 조리사 자격증은 있어요."

"시작해 보는 정도가 아니라, 정말 노력하셔야 됩니다. 노력에는 보상이 있을 겁니다."

서용정은 진지한 얼굴로 상기돼 말했다.

"이제 남편이 후회하는 거는 필요 없어요. 소원은 이루어졌어요. 결혼 전에 고학하느라 너무도 힘들게 살고 그래서 결혼하고 나면 일 안 하고, 반드시 주부만 하려 했어요. 하지만 깨달았어요. 부지런한 사람에게 행복이 온다는 걸요. 열심히 해볼 거예요. 남편도 내가 뚱뚱하고 게으르다고 타박했지만 단 하나, 반찬은 여태까지 한 번도 뭐라 안 했어요. 자신 있어요."

어느새 수경과 서용정, 연주는 손을 둥글게 마주 잡고 웃으면서 미래를 이야기하고 있었다. 서용정은 반찬을 무슨 메뉴를 할지, 경력단절여성 지원서를 위해 요리하는 사진을 어느 걸 골라야 할지 희망에 가득찬 얼굴로 논의했다.

창밖에 어둠이 내려왔지만, 무무사에는 밝은 기운과 미래에 대한 희망으로 가득 차 있었다.

혼인

다시는 사랑 따위 하고 싶지 않습니다
– 여름

애니메이션 캐릭터 덕후

수경은 저녁에 무무사에 가서 일을 돕고, 사진관을 청소하고 기계들을 살폈다. 고객들이 들어오면 사진관 이용을 안내하기도 했다. 연주는 안쪽 사무실에서 출장 사진을 보정하고 고객들에게 보내는 일을 주로 했다.

연주가 퇴근하는 수경에게 말했다.

"나 따라서 풍경 사진 찍으러 가볼래요?"

"네? 가보고 싶어요. 저도 카메라 조작하는 법 제대로 배우고 싶어요."

"좋아요. 그럼 내일 오전 일찍 무무사로 와요."

"넵! 사장님."

다음 날 무무사에 일찍 도착한 수경 앞에, 현대 투싼 하이브리드 흰색이 섰다.

"타요, 어서."

수경은 조수석에 올라탔다. 연주는 운전하면서 커피를 수경에게 건넸다.

"부부사 커피만 마시니 실리죠. 스벅서 사왔어요. 후후."

"감사합니다."

"신문기사에서 보니까, 국립한국문학관이 공개한《한도십영》이라는 조선시대 책에 서울의 열 가지 풍경이 나와 있대요. 첫째는 북한산 남쪽에 있었던 장의사라는 절에서 승려 만나기, 그리고 뭐더라, 하여간 서대문구에 있던 반송정 정자에서 나그네 송별하기 등등 이런 풍광이 있는데, 다섯째 남산 꽃구경 가기를 합시다."

"꽃이 있을까요? 공원 벚꽃도 다 졌어요."

"열 가지 풍광 중 남아있는 유적들이 거의 없더라구요. 그러니 거기 가봅시다."

도착해 주차하고 남산 산책길을 걷다보니, 주황색의 왕원추리, 하얀 백합, 노란 금계국, 진분홍 접시꽃 등이 가득했다. 연주는 백합들이 여럿 핀 곳에서 멈췄다.

"꽃은 정적이니까 촬영은 쉬운 편이지만, 색감하고 꽃 테두리가 선명하게 나와야 하고, 생동감을 주는 게 포인트예요. 한번 모드 설정하고, 셔터스피드 확인해봐요."

"네, 알겠습니다."

수경은 그간 배운 대로 모드를 M에 맞추고, 조리개를 설정해서 셔터스피드를 확인하고, 플래시를 켰다. 연주는 수경에게 백합꽃의 윗부분에 초점을 맞추게 하고, 구도를 잡게 했다.

"지금 좋아요, 셔터 눌러봐요. 망설임 없이."

"네!"

수경은 셔터를 눌렀다.

찰칵!

이슬을 머금은 백합의 꽃잎이 선명하게 나왔다. 탐스러웠다.

"수경 씨, 이슬이 또르르 구른다. 지금이에요!"

"알겠습니다."

찰칵찰칵찰칵. 수경은 연속으로 셔터를 눌렀다. 이슬이 잎사귀 끝에 달랑거리는 부분이 잘 포착됐다.

"이번에는 세밀한 기린초 꽃잎을 담아봅시다."

수경은 연주의 가르침에 따라 기린초를 생생하게 찍었다. 촬영 후, 근처 식당에서 밥을 먹는데 수경이 연주를 뚫어져라 보았다.

"뭐 묻었어요?"

"아니요. 사장님은 대단하신 것 같아요."

"네?"

"담담하고 용기 있게 무무사 가게도 하시고 이런 사진작가 일도 쉽지 않으시구요."

"후후. 그런가요?"

수경이 뭔가를 떠올리면서 말을 이었다.

"유튜브에서 '90년대 청년들'이란 영상을 보았거든요. 다들 지금의 우리보다 얼굴도 어른스럽고 말도 얼마나 똑똑하게 잘하던데요. 신기했어요. 지금 우리들은 자신감도 없고, 말도 어눌하고 그런 것 같아요. 물론! 안 그런 청년도 많지만 저만 해도 그래요. 제가 아웃사이더여서 그럴까요?"

연주는 고개를 저었다.

"아니요, 수경 씨. 나는 오히려 지금 청년들이 더 똑똑한 거 같아요. 예전에는 학교 나오고 기술 배우고, 직장에 다니면 다 그한 가지 인생만 있는 줄 알았죠. 지금은 안 그렇잖아요."

"사장님은 처음부터 무무사와 사진작가 일을 하신 거예요? 아, 물론 무무사는 생긴 지 얼마 안 된 것 같지만요."

연주가 일어나 나갈 준비를 하면서 고개를 저었다.

"아뇨. 10년 전에는 직장에 다니고 있었죠. 무무사는 1년 전에 시작했어요."

"아! 1년 전 생긴 가게인데, 저는 넉 달 전에 알게 되었네요."

"그거야 보이는 만큼 보는 거죠. 사진 찍는 법도 같아요. 보이는 만큼 찍을 수 있죠. 그래서 직접 눈으로 머릿속으로 사진 구도를 먼저 잡아보는 겁니다."

수경은 고개를 끄덕였다.

"그럼 사장님은 잡지사 같은 데 다니신 거예요? 사진 찍는 직원으로요."

"그 비슷해요. 신문사. 직장은 사정이 있어 나오게 됐구요."

그 말을 하는 연주의 표정이 어두웠다. 연주는 이내 고개를 들어 애써 밝은 얼굴로 수경을 이끌었다.

"어서 무무사로 갑시다. 작업이 밀려 있어요."

"네, 알겠습니다. 오늘 찍은 꽃 사진 선명한 색감으로 인화하고 싶어요."

"그래요, 가르쳐 줄게요."

연주는 차에 올라타서 시동을 걸었다. 도로 저 끝으로 노을이 내려오고 있었다. 이제 어스름이 내려오면서 무무사에 출근할 시간이 되었다.

날이 조금씩 더운 바람이 불었다. 수경은 무무사에 출근해서 손님들이 여기저기 두고 간 소품을 정리했다. 연주는 출장 사진 작업 다녀온다고 차를 몰고 어디론가 갔다. 수경은 무지개 노트가 펴있어 덮어 테이블에 두려다 잠시 정갈한 글씨로 써진 사연에 시선이 갔다.

새로운 이야기가 적혀있었다. 제법 길어 수경은 앉아서 읽었다.

- 저는 사랑하던 사람이 있었습니다. 하지만 그 사람은 영원히 사랑하겠다는 약속을 어느 순간 잊은 듯한 사람이 되었습니다. 둘이서 먹던 백미당의 아이스크림도, 둘이서 보던 영화관의 영화도, 둘이서 굽던 양꼬치도 모두 감흥을 주지 못했습니다. 아이스크림은 둘이서 하나씩 사서 절대로 하나로 나누어 먹지 않았고, 영화관에서는 팔걸이가 하나라는 핑계로 떨어져 앉아서 영화를 봤습니다. 그마저도 서로 바쁘다는 핑계로 영화 도중 각각 나가기도 했습니다.

양꼬치 가게에서는 제가 더 이상 양고기를 좋아하지 않는다고 고백했습니다. 그냥 사랑하는 마음으로 먹기 싫은 것도 억지로 먹었거든요.

사랑은 왜 그렇게 돌아서면 잔인하게 여겨질까요. 분노하고 서운하고 아픈 마음이 더 일기 전에 상대를 놓아주는 게 맞아요. 하지만 그러기엔 지나온 세월이 아깝고, 앞으로의 나날도 외로울까 걱정도 됐습니다. 다시 싱글로 혼자 영화 보고, 혼자 고기 굽는 일상으로 돌아가는 게 겁도 났습니다.

그러나 얼음장 같은 서로의 마음을 확인하고 헤어졌습니다. 벌써 2년 전 일이고, 저는 이제 파파라라와 사랑에 빠져 결혼할 예정입니다. 하지만 어머니는 왜 애니메이션 굿즈를 사들이냐면서 결혼정보회사에 보낼 사진을 찍어오라 성화십니다. 부탁드립니다. 제 소원은 그 누구도 선택하지 않을, 결혼정보

회사에 제출할 사진이 필요합니다. 이 흥미로운 이야기에 마음이 움직이신다면, 저에게 연락주시고 제 사진을 찍어주세요. 제 소원을 들어주세요.

수경은 노트를 덮고 대걸레로 무무사 바닥을 청소하면서 쓰레기를 정리하다 다시 자리에 앉았다. 그리고 아까 읽었던 부분을 재차 읽었다. 아직 사장님이 못 본 글이다.

나름 흥미로운 스토리라고 생각했다. 실제 사람에게 상처를 입고 이제는 캐릭터와 결혼하고자, 누구도 선택하지 않을 사진을 찍어달라고 하는 부분이 참 영화적이라고 여겨졌다.

이때 연주가 들어왔다.

어느덧 날은 완연하게 저녁이 되어 어슴푸레했다. 낮에는 무인으로, 저녁에는 수경과 연주가 근무하는 일터가 무무사이다.

"자, 청소됐으면 들어가서 꽃 사진과 출장 사진 찍어온 거 인화할까요?"

연주의 제안에 수경은 사무실로 들어갔다. 연주는 낮에는 결혼식, 돌잔치, 공연 사진 등의 출장 사진 일을 했고, 저녁에는 무무사 안 사무실에서 보정하고 인화하는 작업을 했다. 수경은 사진 일을 배우면서 조수 역할을 했다.

직원으로서 수경의 가장 큰 역할은 어느 컷이 더 잘 나와서 고객에게 보냈을 때 반응이 핫한지 말해주는 일이었다. 연주의 말에 의하면 제삼자의 객관적 눈은 무척 중요하다고 했다.

　사무실에서 한참 사진을 고르고, 보정하는 일을 하다 잠깐 짬이 났다. 연주가 초코라떼를 만들어 수경에게 건네는데, 수경이 손가락을 탁 튕겼다.

　"헤에! 사장님, 오늘 흥미로운 사연이 하나 적혀있었어요. 무지개 노트에요."

　"응?"

　"절대 선택 안 받을 사진을 찍어달라고 하던데요."

　연주는 사무실 문을 열고 무무사로 나가서 노트를 집어서 읽었다.

　"사진을 찍어줄까요?"

　수경은 초코라떼를 마시면서 얼른 고개를 끄덕였다.

　얼마 지나지 않아, 연락받은 그가 찾아왔다.

　세상에, 수경은 깜짝 놀랐다. 키는 180이 넘는 훤칠한 체구에 얼굴은 작은 편이고 뿔테 안경을 껴서 얼굴 절반이 가려 있었다. 그는 파파라라 애니 캐릭터가 그려진 셔츠와, 파파라라가 자전거를 타고 윙크하는 모습이 주머니에 그려져있는 청바지를 입고 왔다.

　"저, 안녕하세요…. 저는 지난번 글을 남긴 임진성입니다."

　작은 목소리에 움츠러드는 모습이 보였다. 자신감이 없어 보였다.

연주는 임진성에게 의자를 내주고 커피를 내려서 주었다.

"감, 감사합니다."

"남긴 글이 인상적이어서 이렇게 연락드렸어요. 그런데 소원을 들어줄 수는 없어요."

"네, 그러시군요."

"우리는 파파라라처럼 마법사가 아니거든요."

"알, 알죠. 하지만 어디선가 페북이던가 떠도는 글에서 이 동네 무인 사진관에 글을 남기고 사진 찍으면 소원이 이루어진다고 본 것 같아서 한참 서치하다 왔어요. 집은 판교에 있어요."

"저기요, 저는 여기 직원인데요. 실연해서 상처가 크고, 파파라라와 결혼 준비하니까 선택받지 않을 사진을 원한다고 하셨잖아요."

수경이 둘의 대화에 조심스레 끼어들었다.

"그런데 잘생기셔서 사진을 못 나오게 찍는 것도 어려울 거 같아요."

연주는 고개를 끄덕였다.

임진성이 조심스레 말했다.

"전 연애를 거의 해본 적 없는 모쏠이에요. 근데 간신히 2년 전에 여친을 사귀었지만 제가 아무래도 연락도 잘 안 되고 해서 여친과 헤어지게 됐어요."

연주가 심각한 얼굴로 물었다.

"헤어진 과정을 자세히 말해주세요. 전후 과정과 현재의 상황을 비교해봐야 사진을 찍더라도 원하는 결과가 나오죠."

"제가 판교에 있는 게임회사 다니면서 너무 바빴거든요. 프로그래머로 일했는데, 여친이 톡을 보내도 바빠 놓쳐요. 나중에 답을 보내야지 하다가도 혹시 여친이 자는 것 같아서 혹은 피곤할까 답을 잘 안 했어요. 그러다 사이가 멀어지고, 영화를 봐도 어색하고, 더 이상 둘만의 대화가 사라진 거죠. 항상 연애하는 내내 겁이 났어요. 이렇게 말하면 여친이 기분 나빠하지 않을까. 저렇게 행동하면 화가 나지 않을까 가늠하다 연애가 6개월 만에 끝났어요. 그리고 다시는 그때처럼 누군가를 두려워하고, 실연의 상처를 입고 싶지 않았습니다. 그래서 파파라라 캐릭터를 알고 가상세계에서 파파라라만 생각하고 살았어요. 일하고 파파라라 캐릭터 굿즈를 모으고 애니메이션 보고 게임하고 그게 낙입니다."

수경은 호기심 어린 눈으로 임진성의 이야기를 경청했다.

연주는 고개를 끄덕이면서 자리에서 일어났다.

"수경 씨와 나이가 비슷한데, 두 분이 일단 톡을 주고받아서 자존감을 높이는 훈련을 한 다음에 사진을 찍어드릴게요."

"네?"

"네에…?"

임진성과 수경은 서로 쳐다보았다가 연주와 눈을 마주치고 놀란 몸짓을 했다.

"사람에게서 받은 상처는 사람으로 치유해야 해요. 그래야 사진도 원하는 결과가 나오고, 소원대로 결혼정보회사에서 아무도 선택하지 않을 겁니다."

"정말 그럴까요?"

"네, 상처를 치유해야 현재의 상황이 개선됩니다."

임진성은 파파라라 캐릭터의 얼굴 부분이 있는 셔츠 주머니 부분을 손으로 만지작거리면서 간신히 고개를 끄덕였다.

수경도 수긍하고 질문했다.

"제가 임진성 님 회사에서 일할 때 톡 보내도 되는 건가요? 저는 무무사 일을 저녁에 해서 낮에가 좋을 것 같은데."

임진성은 어깨를 으쓱했다.

"낮에 하세요. 밤에는 파파라라 덕질을 하느라 오히려 못 받아요. 낮이 좋아요."

"흐음. 그렇군요. 그래도 최소한 낮에는 덕질을 안 하시네요."

"그래서 낮이 더 한가해요. 회사 일은 정해진 걸 기한 내에 하면 되니까요. 근데 수경 님이라 하셨죠? 우선적으로 뭐가 저에게 도움이 될까요?"

수경이 초코라떼를 한 모금 마시고 답했다.

"자존감 문제가 아닐까요? 자존감을 높이려면 일단 인스타그램이나 페이스북을 중지해 보세요. 남과의 비교보다는 자신에게 집중하면 어떨까요? 그리고 임진성 님은 게임회사에서 프로그램을 만든다면 일에 대한 성취나 그 과정에 기쁨을 느껴보는 것도 좋을 것 같구요."

연주는 둘의 대화를 지켜보다 일어나 사무실로 들어갔다.

임진성이 머리를 집게손가락으로 긁적거리면서 고개를 저었다.

"너무 뻔한 말 아닌가요? 인공지능 상담 프로그램 만들 때 그런 종류의 답들이 많던데요."

수경은 입매를 굳게 하고 임진성과 눈을 마주쳤다.

"걱정 마세요. 오늘 첨 봤잖아요. 생각 좀 해보다가 내일부터 톡 드릴게요. 제가 시키는 걸 제대로 하셨으면 좋겠어요. 무무사 넘버 투는 저니까 말 잘 들으세요, 알았죠?"

"네, 그럼 이만. 오늘 파파라라 영화 개봉하니까 시간 맞춰 가야 해요."

"어서 영화 보러 가세요, 진성 님."

그의 자존감을 높이기 위해
총력을 기울이기

다음 날부터 낮에 수경은 조금씩 톡을 보내 안부를 묻거나
했다.

그러다가 점차 좀 더 깊이 있는 말을 했다.

- 진성 님, 회사 사진을 한 장 보고 싶어요. 처한 상황을 알아야
  도움을 드리죠.
  점심 식사하시는 한가한 시간에 보내셔도 좋구요.

수경의 톡에 임진성은 사진을 보냈다.

- 그렇잖아도 밥 먹어요. 보세요, 이 정도면 꽤 잘 나오는 편 아
  닌가요? 여기서 더 맛있는 걸 어떻게 먹어요?

수경은 게임회사 직원 식당의 반찬 사진을 보고 눈이 휘둥그
레졌다. 함박 스테이크, 일본 라면, 연어 회, 갈비찜과 수제 케이
크와 팥빙수까지 없는 게 없었다.

- 글쿤요. 확실히 맛있는 거 드시네요. 그럼 이건 어때요, 자존
  감을 높이려면 좀 힐링하면서 명상을 하는 건요?

이번에는 임진성이 최고급 안마의자가 있는 공간을 동영상으
로 찍어보냈다.

- 우리 회사 힐링 공간입니다. 여기로 가면 되겠죠? 예전에 찍
  어둔 영상입니다.

'뭐야, 나보다 훨 낫구만.'
수경은 자신의 작은 방을 둘러보았다. 옷가지와 책들, 각종 물
건으로 발 디딜 틈이 없었다.

- 일단 밥 먹고 커피 마시면서 수경 님 말대로 안마의자에 앉아
  서 낮잠 겸 힐링을 해볼게요. 음악 추천해주세요.

수경은 명상음악을 검색해서 이것저것 링크를 보냈다.
수경은 화가 나서 큰 소리로 외쳤다.
"아니, 나보다 외모도 잘났고, 키도 크고, 회사 직원 식당도
끝내주고, 안마의자에서 잠도 자구만! 뭐가 부족해서 이 난리
야. 흥! 사진 보정을 반대로 못나게 해주면 간단한 해결책 아니

야? 흥!"

수경은 침대로 올라가 이불킥을 겁나게 차면서 주먹을 허공
에 날렸다.

저녁에 수경이 무무사에서 일하는데, 임진성의 톡이 왔다.

- 확실히 조금은 효과가 있어 기분이 나아지는 중입니다. 참 그
리고 제가 자존감을 회복하는 데 뭐 도움 될 일이 있을까요?

- 방을 치워보세요. 그리고 거울을 보면서 밝게 웃어요.

- 네. 그래볼게요.

1시간 후에 임진성이 사진을 보냈다.

아주아주 깨끗한 방에 최고급 사양의 맥북이 여러 대 놓여 있
고, 방에는 파파라라 인형과 베개 그리고 머그컵과 커튼, 침대보
등 굿즈가 가득 있었다.

수경은 도리질을 쳤다.

"이건 자존감이 문제가 아니라, 다른 종류의 문제야. 파파라라
와 충분히 행복한데 왜 소원 따위가 생기는 거지? 그냥 엄마 말
안 들으면 해결되는 문제 아냐? 나보다 직장도 확실해. 직업도
좋아. 키 커, 잘생겼어. 아주 복이 끝내주는 걸. 그냥 파파라라와

결혼하라구!"

이때 다시 톡이 왔다.

- 기분도 나아진 것 같아요. 수경 님은 상대방을 편하게 해주시
  네요. 그럼 저는 이만 덕질로 들어갑니다. 내일 낮에도 톡 주
  세요. 해볼게요.

"이건 왕자병 말기다! 자기 혼자 파파라라 왕국에 살면서 인
간과 소통을 지맘대로 해석하고 있다구!"

수경은 두 손을 하늘로 향해 들고 머리를 치다가 어떻게 도와
야 하나 곰곰이 생각해보았다.

다음 날 낮에 수경은 무무사에 일찍 나와서 연주가 빌려준 미
러리스로 찍은 꽃과 공원, 한강 둔치 사진을 보정하고 파일로 만
드는 작업에 열중했다. 그러다가 깜박 잊고 임진성에게 톡을 못
주었다.

"아, 맞다!"

시간을 보니 저녁 8시였다. 퇴근 후에는 파파라라 덕질로 바
쁘다니 톡을 주지 않을 참이었다.

"어차피, 자기애가 강한 분이니 잘 이겨내겠지."

퇴근 후 수경은 11시에 집 정리를 하고 잠이 들었다. 눈을 감

으려는데, 진동으로 해둔 핸드폰이 울렸다.

"누구지?"

수경은 침대에서 일어나 폰을 집었다.

- 왜 낮에 톡을 안 주셨나요?

임진성이었다.

- 일이 있어서요. 지금 덕질로 바쁜 시간 아니에요?

- 괜찮아요. 기다렸어요. 자존감을 회복하는 방법을 알려주는 수경 님의 톡을요.

수경은 한숨을 쉬고 답했다.

- 주말에도 톡은 안 할 거구, 지금 밤 11시인데 무무사 일도 저는 직원으로서 하는 건데, 좀 그러네요.

- 죄송합니다. 하지만 걱정했어요. 혹시 무슨 안 좋은 일이 생긴 건 아닌가 하구요.

- 그건 아니니 걱정 말아요. 근데 우리 솔직히 남친 여친 남사친 여사친도 아니구, 공적으로 만난 사이인데, 이런 걱정 할 필요 없어요~

잠시 톡이 끊겼다. 수경은 불안했다. 이 예민한 프로그래머가 혹시 삐지는 건 아닌지. 그때 톡이 왔다.

- 죄송합니다. 제가 귀찮게 해서요. 하지만 수경 님을 통해서 저는 새로운 삶을 알아보려 했어요. 파파라라 가상세계 캐릭터 말고도 사람에게 신뢰를 회복할 수 있는지요….

- 워워, 너무 많은 기대하지 말아요. 이 세상은 기대하느니 차라리 어느 정도 마음을 먼저 접고 있어야 편해요. 제가 무무사에서 시급을 받고 일을 배우는 정도의 보상을 생각하세요. 제가 진성 님께 하는 일은 막 천만 원 입금받고 신나게 하는 일은 아니죠.

- 저, 수경 님. 혹시 롯데월드 같이 가지 않을래요?

- 네?

- 여친 생기면 가려던 데인데 결국 못 갔어요. 그런데 정말 혼자
  서는 못 가겠어요.

- 아! 같이 가요. 그리고 주문이 있어요. 일단 돈을 제 계좌로 입
  금해 주세요. 제가 준비해 갈 게 있거든요.

며칠 후, 수경과 임진성은 롯데월드에서 만났다.

수경은 쇼핑백을 툭 내밀었다.

"이 옷으로 갈아입고 나와요. 진성 님이 제게 입금해 주신 10만
원으로 의상 대여했어요. 남은 돈은 뭐 사 먹을 예정입니다."

티켓은 각자 끊고 들어갔다. 임진성은 화장실에 들어가 옷을
갈아입고 나왔다.

임진성은 〈오징어 게임〉의 프론트맨의 블랙 의상을 입고 나
왔다.

"어, 수경 님. 입고 나오긴 했는데."

"어때요? 오겜의 빨간 유니폼이나 조커 아닌 걸 다행히 여겨요."

"대체 왜."

"〈세상에 이런 일이〉 프로그램에서 코스프레 의상을 입는 사
람들이 꽤 나왔어요. 모두 여러 이유로 용기가 안 나는데, 사람
들은 만나고 싶어서 가면을 쓰고 나온 거였죠. 임진성 님도 여기
서 코스프레 옷과 가면 안에서 해방감을 느껴봐요."

"이게 더 시선을 끌지 않아요?"

"잘 안 들려요."

임진성이 가면을 슬쩍 들어올려 말했다.

"참 나, 사람들이 더 집중적으로 쳐다본다구요."

"내가 누군지 모르잖아요. 대학교 다닐 때 여기서 알바를 해봤어요. 이렇게 코스프레 의상 입고 혼자 주기적으로 오는 분도 있었는데, 굉장히 잘 놀다 가셨어요. 우리한테 말도 걸구요. 나중에 그분 어머니가 같이 오셔서 고맙다고 하고 갔던 일이 기억나요."

이때 임진성에게 다가오는 고등학생들 무리가 있었다.

"〈오징어 게임〉 프론트맨 맞죠!"

"네, 네. 맞아요! 사진 찍으실 분."

수경이 경쾌하게 말했다.

"거봐, 내 말 맞지? 〈맨 인 블랙〉 아니라니까. 오겜이라니까."

"저요, 저요! 사진 찍고 싶어요."

임진성은 졸지에 고등학생들과 사진을 여러 컷 찍었다. 수경이 단체 사진을 찍어주었다.

"정말, 고맙습니다."

수경은 임진성과 그린 밀크티를 앞에 두고 잠시 테이블에 앉아 쉬었다.

가면을 벗어 의자에 둔 임진성은 얼굴에 땀이 흘렀다. 수경은 냅킨을 건넸다.

"정말 고마워요. 덕분에 이런 데도 와보구요."

"어때요? 아무도 나를 신경 안 쓰죠. 그리고 코스프레를 했으니 다가오지만, 아무도 다가오지 않으면 그냥 혼자 가면 쓰고 어린애처럼 놀아도 좋아요."

임진성이 그린 밀크티를 마시고 고개를 끄덕였다.

"난 평소 내가 국평오인 줄 고민을 많이 했어요."

"국평오?"

"수경 님, 그 말 몰라요? '국민의 평균은 수능 5등급 이하이다'라는 뜻이래요. 난 우리 집에서 가장 스펙이 낮거든요."

수경은 속으로 생각했다.

아마도 자신은 국평오 아래에 있을 것이다. 원룸 세입자에 비정규직 알바생에다가 지방 출신에 부모님은 농사지으시거나, 어떤 때는 가게를 임대해 식당을 하시는 자영업자이시다.

"저도 국평오인데 그래서 어쩌라구요?"

수경이 대차게 말하자 임진성은 쿡 웃었다.

"그런가요?"

"그래요. 국평오는 말이죠. 임진성 님 하기에 달렸어요. 일단 폰으로 사진 찍어볼게요."

찰칵, 사진을 찍었다.

"진성 님, 이제 안경 벗어봐요."

"아, 렌즈를 안 껴서 오늘은 안경을 써야 해요."

"잠시만요. 사진 찍게요."

임진성이 뿔테 안경을 빼자, 수경은 임진성의 앞머리를 뒤로 넘어가게 잘 정돈하고, 셔츠 단추를 하나 풀어보라고 했다. 그리고 가방에서 미니 거울을 꺼내서 보였다.

"어때요? 아까보다 낫죠. 사진을 찍어 보내줄 테니까 비포 애프터를 연구해 봐요. 국평오보다 외모는 위입니다. 외모 자신감도 얼마나 중요한데요. 그리고 얼마나 좋아요. 수능이나 스펙은 자로 재지만, 외모는 절대적 기준은 없잖아요."

임진성이 고개를 뒤로 돌려 헛기침하면서 배시시 웃었다.

수경은 임진성의 얼굴을 폰으로 찍었다.

"요즘 파파라라 덕질을 덜 해요."

그러고 보니 아까 입구에서 처음 만났을 때 그의 옷은 캐릭터가 그려진 옷이 아니라 평범한 셔츠와 그 안에는 흰 면티에 청바지를 받쳐 입었다.

"수경 님 덕분에 자존감이 높아진 걸까요?"

수경은 쑥스러웠지만 애써 침착한 척했다.

"그러면 무무사 사장님 지시는 절반 이상 이루어진 셈이죠. 국평오를 넘었습니다. 자 이제 일어나 다른 놀이기구를 타볼까요."

"좋습니다."

임진성은 덥고 거추장스럽다면서, 코스프레 의상을 벗어서 코인 로커에 맡겨두고 놀았다.

밤까지 즐겁게 놀이기구를 타고, 맛있는 음식도 먹고 둘이서
신나게 놀다 집으로 돌아갔다.

그날 밤, 임진성이 고맙다는 톡을 보내고 수경도 웃는 캐릭터
의 이모티콘을 보내고 대화를 주고받다 톡방이 잠잠했다.

그렇게 톡은 오지 않았고, 수경은 무음으로 하고 잠이 들었다.
밤새 파파라라 얼굴이 그려진 잠옷 입은 임진성이 무무사 창밖
에서 파파라라 베개를 안고 있는 꿈을 꾸었다. 그는 서운한 얼굴
로 무무사 창문으로 수경을 쳐다보았다.

수경은 아침에 일어나서 주먹을 허공에 날렸다.

"아하! 그 파파라라 캐릭터 때문에 진짜 개꿈에 시달리네. 그
남자 뭐야, 정말."

다음 날 저녁 연주는 사진 작업 때문에 외부 출장을 나갔다.
임진성이 저녁에 무무사에 들렀다.

"어? 진성 님."

"이 시간에 오면 일하고 있을 것 같아서요.

수경은 임진성에게 커피를 내려 주었다.

커피를 마신 그가 입을 조심스레 떼었다.

"어디 살아요?"

"무무사 근처요."

"그러시구나. 좋겠다. 맨날 무무사 와서 커피 마시고 그래도 되고요."

수경은 풋 웃었다.

"전 여기 직원이라서 이제 여기 커피 물려요. 진성 님이야말로 회사 점심 엄청나던데요? 커피도 고급지구요."

"솔직히 스타벅스보다 맛있어요. 그런데 맨날 먹고 마시넌 물리죠."

'흥. 행복한 고민이시구만.'

"저기 수경 님은 사진에서 방을 보니 거실이 안 나와서요. 어떤 타입의 거실에서 사세요? 궁금해요. 방만 봐서는 무슨 덕질을 하는지 모르겠어요."

"흐음, 그게 제 방인데요. 방은 하나이고요. 저 독립해 원룸에 살고 있습니다."

"아, 그렇군요. 부러워요. 저는 부모님과 같이 사는데요."

"어디 살아요?"

"판교 타운하우스요."

수경은 히익 놀랐다. 얼마 전 페이스북에서 본 엄청나게 비싸다는 연예인 사는 아파트였다.

그럼 그렇지, 싶었다. 톰 브라운 셔츠, 명품 백팩과 청바지 등 걸치고 있는 게 보통이 아니었다. 수경은 괜히 부아가 났다. 무무사에서 만나서 이야기 나눌 땐 몰랐는데, 알면 알수록 이 사람과 괜히 계층 차이가 나는 것 같아 기분이 별로였다.

임진성이 방그레 웃으면서 말했다.

"혼자 살면서 부모님 간섭 안 받고 덕질하고 즐기며 사는 게 소원입니다. 청년 1인 가구가 곧 백만을 넘는다면서요. 저도 〈나 혼자 산다〉처럼 재미있게 살고 싶어요."

수경이 시선을 아래로 하고 말했다.

"그중에 2만여 청년 가구는 지하방, 옥탑방, 고시원 산다는 건 알아요? 다큐에서 본 거니 맞는 수치일 걸요. 그 다큐에서 거기서 사는 지. 옥. 고. 청년들이 절반 넘게 우울감, 고립감을 느낀다고 나오던데요. 진성 님, 돈 없으면 1인 청년 가구는 그냥 지옥이에요. 주거도 불안하고 월세도 힘겹고요."

임진성은 수경을 보며 무언가 말하려다 입을 다물었다.

"오늘은 그만 가 주세요. 사장님도 외부 일 가셔서 제가 혼자 일해야 하니까요."

그 말을 남기고 수경은 안쪽 사무실로 들어갔다.

수경은 마음이 착잡했다. 임진성을 좋아하지도 않았고, 그냥 일로써 상담하고 돕고 자존감을 높이는 톡을 보낸 것이다. 그런데 이상하게 씁쓸했다.

그 기분은 아마 임진성이 여자였어도 비슷하게 느꼈을 것 같았다.

임진성은 군대를 다녀오고, 직장에 들어가서 수경보다 4살이 많았다. 하지만 수경은 알고 있었다. 자신은 4년 후에도 별수 없을 거라는 걸. 지방의 엄마 아빠는 매일매일 뙤약볕에 농사지어 돈 벌려고 애쓰고 살 것이다. 농한기에는 식당을 임대해 배달하신다.

수경도 자신이 벌어 그날그날 월세 내고 생활비, 학원비를 해결해야 한다.

지금 무무사에서 시급을 받으면서, 배우는 사진 기술로 4년 후에 이런 가게를 차리거나, 출장 사진을 찍으러 다닐 수 있을까.

수경은 새삼스럽게 그간 무무사를 다니면서 희망에 부풀었던 미래가 쑥 꺼지는 듯한 기분을 느꼈다. 수경은 핸드폰 갤러리에 있는 자신의 방 사진을 보았다. 문어발 빨래걸이에 매달린 속옷과 티셔츠, 컴퓨터 위에 올려놓은 다리미, 겹겹이 여기저기 쌓인 책들과 상자 뚜껑 사이로 비죽 튀어나온 옷들.

모두 수납공간이 없고, 둘 데가 없어 방안을 가득 채운 물건들이다. 버리려고 해도 버릴 수가 없다.

다시 살 돈도 없고 쟁여두었다 어디다 쓸지 모른다. 결국 가난한 사람은 돈뿐 아니라 수납공간의 여유, 축축한 빨래로부터 해방될 자유, 그리고 남 앞에서 당당하게 웃으면서 '혼자 사는 게참 즐거워요.'라고 말할 용기나 자신이 없는 것이다.

그만큼 가난한 청춘은 참으로 부끄럽고 무섭고 처량하다.

즐겁긴 개뿔. 돈 있으면 결혼해 가족을 만들고 자식 낳고 오순

도순 사는 거 아닌가.

기성세대들은 겁 없이 저지른 연애, 결혼, 출산이 가능했는데, 지금 청년들은 연애와 결혼, 출산이 왜 이렇게 엄청난 판타지이자 로또로 변한 건지 알 수가 없었다.

수경이 사무실 문을 열고 가게로 나와 커피를 마시려는데 세상에, 임진성이 아직 안 가고 스티커 사진을 찍고 있었다.

"어, 진성 님! 아직 안 갔어요?"

"네. 할 말이 있거든요."

임진성이 진지한 얼굴로 수경을 보았다.

"너무 내 푸념 같지만, 중요한 이야기인데 들어줄 수 있어요?"

수경은 긴장했다.

"말해요. 괜찮아요."

둘은 테이블에 마주하고 앉았다.

"수경 님, 난 사실 어릴 적부터 집안에서 형들과 비교를 당했어요. 큰형은 판사, 작은형은 의사죠. 제가 제일 공부를 못했어요. 형들과 비교되는 게 너무 힘들다고 생각했어요.

전 인 서울 대학을 나와 IT회사 직장을 다니면서, 인스타그램을 했어요. 호텔에서 나 홀로 호캉스 사진도 올리고 명품도 올리고 그러면서 자존심이 조금씩 회복됐어요. 그러다 여자친구도 생기게 됐구요. 근데 여친과 만나다가도 혹시 나를 싫어하면 어쩌지, 내가 부족하면 내가 별로면 어쩌지 하는 생각에 연락도 잘 못 하고 실연당할까 봐 겁이 났죠. 아마도 그래서… 사람에게는 마음을 주기 힘들었는지도요."

임진성은 어릴 적부터 대치동을 엄마 차 타고 돌아다니는 게 일과였다고 했다. 형들도 그렇게 해서 자사고나 외국어고등학교에 붙었고 명문대를 나와 전문직종을 가지게 됐다는 것이다.

늘 형과 비교를 당하면서 자존감이 떨어졌고 성적이 떨어질 때마다 엄마와 긴 시간 상담을 하면서 공부에 매진했다고 고백했다.

"그게 그렇게 힘들었어요. 대학교 다니면서도 엄마에게 학사 관리를 받았어요. 혼자서는 아무것도 못 하는 상태였죠. 이성을 사귀었지만 데이트 장소나 방법도 모르고 여친에게 줄 선물 고르는 것도 기념일 챙기는 것도 너무 어렵고 힘들었어요."

수경은 고개를 끄덕였다.

"유튜브에서 봤어요. 남자가 여친에게 줄 선물 고르는 게 전투기 몰고 나가는 조종사가 겪는 스트레스와 비슷하대요."

"그런가요? 그럼 나만 그런 것은 아니군요. 백화점을 열 바퀴 돌아다녀 선물 고르려다가도 결정장애에 시달렸어요. 이거 받고 기분 나빠하면 어쩔까 하구요. 엄마에게 부탁하면 반나절 만에 끝날 일이지만, 더는 내 생활에서 엄마의 간섭 받기는 싫었어요.

나중에 실연하고 파파라라 덕질을 시작하면서 엄마와 단절을 선언했지만 뭔가 인생이 자꾸 처지는 기분이 들었어요. 엄마는 결혼정보회사에서 좋은 상대를 만나보자 했지만 그건 아니다, 이제 내 인생을 내가 결정하자는 생각이 들었습니다."

임진성은 긴 고백을 끝내고 침묵했다. 이때 불이 나갔다. 치직 소리와 함께 정전이었다.

"하, 맞다! 오늘 이 근처에 전신주 야간 전기 공사가 있어서 1시간 정전된다고 아까 통장님이 말씀해주고 갔어요. 초 좀 켤 게요."

수경은 향초에 불을 붙였다. 언젠가 불이 나가서 연주에게 전화로 사용해도 되는지 물어 보았던 아주 멋스러운 보라색 향초였다.

무무사에는 어둠 속에 수경이 켜둔 향초만이 불빛을 내고 있었다. 라벤더 아로마 향이 무무사 안에 감돌았다.

임진성은 수경을 바라보면서 눈물을 글썽거렸다.

"이제 사람 여자를 사랑할 수도 있을 거 같아요. 파파라라와의 연애가 이제 끝날 거 같아요. 다른 사랑을 해보고 싶어요."

수경의 볼이 발그레해졌다. 가슴이 콩닥콩닥 뛰면서 마음이 들썩였다.

'이런 기분 뭘까.'

임진성이 조곤조곤 말했다.

"저 사실 여친과 헤어지기 직전에 이런 일이 있었어요. 엄마가 제 여친하고 나눈 톡을 보고, 여친의 프사를 봤습니다. 여친이 보디 프로필 비키니 사진으로 프사를 했는데 엄마가 엄청 놀라셨어요. 그리고 결혼정보회사에서 전문직종이나, 공무원 직업을 가진 사람으로 만나자 종용하셨던 거죠. 난 거부하고 마침 그 시기에 실연당하고 파파라라 덕질에 빠졌지만 엄마가 계속 강요했어요. 결국, 무무사에도 오게 된 거죠. 솔직히 말하면, 여친은 엄마가 자기를 싫어하는 걸 감으로 알고 있던 것 같고 급속히 멀어졌죠."

수경은 잠자코 들었다.

"엄마는 지금 회사를 나와 로스쿨을 다시 들어가자고 하시고 그래요. 정말 너무도 힘든 일들이 있었습니다."

"앞으로 진성 님은 어떻게 할 건데요?"

"모르겠어요. 지금은 너무 혼란스러운데, 여기 무무사 와서 수경 님이 많이 도와줘서 마음을 잘 잡을 수 있었습니다. 하마터면 회사도 힘들어 쉬려고 했는데 지금은 괜찮아요. 다만, 여친 생각에 가끔 마음이 아프고 회사에서도 사람들하고 말을 나눌 때 내가 상처주는 건 아닌지 곰곰이 되씹고 그랬던 적 많은데 지금은 수경 님 덕분에 나아졌습니다."

"후, 다행이네요. 진성 님께 그런 아픈 사연이 있는 줄 몰랐어요. 아까는 죄송해요."

"아닙니다."

그렇게 밤이 지나가고, 다시 전기가 들어왔다.

마마보이의 동굴살이

어느 날 진성의 톡이 저녁 무렵 왔다. 수경은 무무사에 막 출근한 참이었다.

- 수경 님, 당분간 나 찾지 말아요. 엄마랑 싸웠어요. 좀 생각할 시간이 필요해요. 미안해요.

- 히익. 진성 님, 무슨 일인지 모르지만 전화줘요. 걱정되어요!

수경이 톡을 했지만 그는 읽지 않았다. 수경은 임진성에게 전화했다. 하지만 신호가 여러 번 가도 받지 않았다.

걱정이 됐지만 그는 끝내 밤에도 전화를 받지 않았다.

그날 밤 수경은 좀체 잠을 이룰 수 없었다. 그렇게 며칠이 지났다.

수경은 임진성에게 톡도 보내고 했지만 연락이 안 되었다. 그의 회사에 전화를 걸어 물어보고 싶었지만 차마 그럴 수 없었다.

'혹시 나쁜 생각을 하는 건 아닐까. 엄마와 크게 다투고 그러는 것은 아닐까.' 등등의 생각이 들었다.

수경이 무무사에 출근해 청소하고 정리하는데, 스티커 사진기 안에서 부스럭 소리가 났다.

수경은 놀랐지만, 손님이 사진을 찍는가 싶어 조용히 지켜보면서 정리를 했는데 찰칵찰칵 소리가 났다. 잠시 후 스티커 사진기 장막을 걷고 나온 이는 바로 임진성이었다.

그는 잠시 멈춰 서서 보다 배시시 웃었다. 손에는 파파라라 피규어와 찍은 스티커 사진이 들려 있었다.

"수경 님 기다리다 시간 나서 파파라라와 사진 좀 찍어봤어요."

"참 나! 내 연락을 왜 다 씹고 그렇게 연락 두절 상태가 돼요! 걱정하는 사람은 생각 안 해요?"

수경은 화가 나서 임진성에게 주먹질을 하려다 참았다.

임진성이 얼른 사과했다.

"아, 미안해요. 난 그냥 좀 시간을 두고 생각을 해보고 싶었어요."

"아니, 어떻게 사람이 그래요? 연락이 안 돼서 정말 걱정 많이 했어요. 집에서 엄마랑 싸웠다고 하고요."

"네. 맞아요. 직장 관두고 로스쿨 알아보라 해서 싸우고 이제 독립하겠다 선언하고 집 알아보고 있어요. 그런데 그렇게 월세 보증금이 비싼 줄 몰랐어요. 보증금 마련하려 이리저리 대출 알아보고 바빴어요."

수경은 풀 죽은 목소리로 말했다.

"혹시 아픈 줄 알고, 전화 안 받고 그래서 인스타그램에 이름으로 마구 쳐보니까… 톡 아이디랑 비슷한 게 있어서 인스타그램 봤어요. 비공개이던데요. 이거 맞아요?"

수경은 핸드폰을 보이며 농담을 살피며 했다.

"이 인기 없는 인스타그램 계정이 진성 님 거 맞나요? 디엠 보내려다 말았지만요."

임진성이 살포시 미소지었다. 그는 약간 수줍게 고개를 끄덕였다.

"네. 그거 맞아요, 팔로워 팔로잉도 거의 없습니다. 비공개로 해놓았어요. 팔로워가 돼줘요. 조만간 무무사에서 사진 배워 올리려구요. 저도 수경 님 인스타그램 팔로워 될게요."

"알았어요. 그럼 나한테 배워요. 사장님 바쁘니깐요."

"넵, 알겠습니다. 사진작가님."

수경은 마음이 진정되자 그제야 임진성의 달라진 옷차림을 눈치챘다.

"나 좀 달라보이지 않아요? 잘 봐봐요."

그는 분홍색 브이넥 티셔츠에 목에 거는 미니 선풍기를 하고 얼굴에는 뿔테 안경을 끼고 왔다.

"옷이 좀 이상해 보여요. 다른 때와 다른 것 같고요."

"음, 뭔가 내 손으로 클릭해서 캐주얼한 옷으로 인터넷 쇼핑몰서 사 입어 봤어요."

"그렇구나. 어때요?"

"편해요, 그간 입은 옷은 엄마가 백화점에서 비싼 걸로 사다주는 걸로 입었는데, 늘 불편했어요. 그냥요. 내가 입을 자격이 되나, 난 형들에 비해 모자라는 것 같은데. 이런 생각이 들었죠.

엄마가 로스쿨 알아본다는 말에 그날 딱 엄마가 사다준 옷들을 손 안 대고 내가 쇼핑몰서 옷들을 골라 배송받았어요."

수경은 커피를 가져다주면서 묵묵히 들었다.

"음, 역시 무무사 커피 너무 맛있네요. 수경 님의 자존감 키워주는 훈련 덕인지, 며칠 전에 작은 형한테 내가 가진 형들에 대한 열등감을 말해보니까, 그건 네 잘못이 아니고 부모님의 어긋난 기대감이 잘못이라고 딱 잘라 말하더군요. 그러면서 자신도 빨리 독립을 했으니, 너도 돈을 모아 어서 독립하래요. 그래서 이제 엄마가 사준 옷도 안 입고 저도 이 근처에 작은 방 하나 찾을 셈입니다. 도와줘요. 처음 독립이라 정말 누군가 도와줘야 돼요. 보증금은 간신히 마련했는데 요즘 전세 사기 이런 게 많으니까 조심해야 하잖아요. 판교보다 이 동네가 싸서 차로 출퇴근하면 되고 본가와 멀어서 엄마가 막 드나드는 걸 원치 않아요."

수경이 폰을 들어 연락처를 톡으로 임진성에게 보냈다.

"내가 잘 아는 부동산 사장님인데, 좀 있다 같이 가봐요. 저렴한 월세방 잘 구해주시고, 그 집이 대출이나 세금 체납된 집인지 아닌지, 집주인이 확실한 분인지 잘 파악하고 알려주세요."

임진성은 수경의 손을 맞잡았다.

"우와! 정말 고마워요, 수경 님."

일주일이 시났다. 임진성은 집을 속성으로 구해 비어있던 원룸에 반전세로 들어가게 됐다.

이삿짐이 적어서 용달차를 부르기로 했는데, 임진성이 SOS를 쳤다.

옷을 쌀 상자가 없다는 것이다. 이를 수경이 무무사에서 일할 때 무심코 입 밖으로 냈는데, 연주가 자신의 집에 빈 상자가 많다면서 가져가라고 했다.

연주는 수경에게 집 주소를 알려주었다.

임진성은 차를 가지고 와서 수경과 함께 연주가 사는 빌라로 갔다. 무무사에서 멀지 않은 곳에 있는, 지은 지 제법 되는 빌라였다.

벨을 누르니 인터폰에서 연주의 목소리가 들렸다.

"들어와요, 열어놨어요."

수경과 임진성이 들어가니 어두컴컴한 거실에 상자들이 나와 있었다.

임진성이 인사를 꾸벅하고 손에 든 과일바구니를 내려놓았다.

"정말 고맙습니다. 빈손으로 오는 건 아닌 것 같아서요."

수경이 보기에도 임진성은 예의를 잘 차렸다.

"원래 이사 가려고 주문한 것들인데, 다시 눌러앉아 살고 있으니까요."

"사장님, 정말 가져가도 되나요?"

임진성이 정중하게 물었다.

"그럼 왜 오게 했겠어요. 어서 가져가요. 여기도 방에도 상자 많으니 가져가요."

"이사하고 바로 다시 돌려드리겠습니다."

임진성은 정중하게 인사하고 건넌방에 있는 박스를 모두 집었다. 연주는 커튼을 열고 어두컴컴한 거실 불을 밝혔다. 환해졌다.

"여기서 혼자 사시는 거예요?"

수경은 질문하고 입을 얼른 막았다. 개인적 이야기를 하는 건 정말 거의 처음이다. 연주는 고개를 끄덕였다.

"연호동에 사진관 내면서 혼자 여기서 1년 살았어요. 다른 데서는 9년 동안 혼자 붙박이장처럼 살았고요. 앞으로 연호동 못 떠나요. 당분간은."

수경이 말간 얼굴로 물었다.

"무무사 때문에요?"

"그와도 관련이 있죠. 이유는 나중에 정말 말할 기회 생기면 해줄게요. 참, 이사하는 날 말해요. 내가 도울게요."

임진성이 박스를 챙기다가 인사했다.

"사장님, 고맙습니다. 제 차로는 짐 실을 공간이 부족해서요. 그럼 도와주세요."

이사하는 날, 연주, 수경, 서용정이 힘을 합쳐 돕기로 했다. 임진성의 짐이 옷가지와 책들과 갖가지 파파라라 굿즈 등과 침구 밖에 안 돼서, 용달차를 불러서 짐을 싣고 왔다. 소지품들은 임진성이 자신의 차에 싣고 가져왔다. 오전 10시에 원룸에 도착한 이삿짐은 박스 30여 개를 풀자 모두 끝이 났다.

임진성은 옷가지와 여러 물건은 나중에 정리하기로 했다.

"잠깐 주차장으로 가요. 내가 뭐 가져온 게 있어요. 가구인데…."

연주가 자신의 차 뒷좌석에서 플라스틱으로 만들어진 중간 크기 옷장을 가리켰다.

"가게 옆에 누가 두고 간 거긴 한데 진성 님 쓸 거예요?"

임진성은 고마워했다.

"네. 주세요. 필요합니다."

"그런데 안에 플라스틱 칸막이가 다 깨져 있어요."

마침 반찬 등을 아이스박스에 넣어 가지고 들어오던 서용정이 말했다.

"어? 저 목공질 할 줄 알아요. 어릴 적에 할머니 댁에 살아서 목수 일 배웠어요."

서용정은 집에서 심심풀이 삼아 한다면서 집으로 연주와 같이 가서 1시간 있다 돌아왔다. 손에는 톱과 나무판자 등이 들려 있었다.

"가게에도 이걸로 선반 만들고 했거든요. 제가 옷장 안에 칸막이 만들어 줄게요. 금방이면 돼요."

서용정은 줄자로 옷장 안의 사이즈를 재고, 톱으로 판자를 썰어 나무 칸막이를 만들어서 옷장 안에 끼웠다. 그럭저럭 수납공간이 만들어져서 임진성은 니트와 바지, 양말을 분리해 넣었다. 서용정이 환하게 웃으면서 아이스박스에서 반찬을 꺼내 미니 냉장고로 넣었다.

"이건 나중에 먹어요. 달걀찜하고 장조림하고 밑반찬 몇 가지예요."

수경이 큰 그릇을 들고 물었다.

"이건 뭐예요? 비빔밥 같은데요."

"아, 그건 포케라고 하와이 사람들이 생선이나 해초를 과일에 비벼 먹던 음식인데 지금은 여기다가 갖가지 다진 고기나 현미나 각종 과일이나 야채를 넣어서 나라마다 고유 소스를 넣고 비벼서 먹는 음식이 됐어요."

서용정의 눈에서는 활기가 넘치고 손으로 음식을 만드는 시늉을 해보였다.

"난 우리 반찬가게에서 연어나 참치 포케 혹은 비건용 채소와 과일 포케를 만들어 파는데 무척 반응이 좋아요."

임진성이 눈이 커지면서 질문했다.

"어떻게 만들어요? 저도 이제 자취하니 제가 밥을 해먹어야 해서요."

서용정은 핸드폰을 보여주면서 유튜브 영상을 클릭했다.

"이게 내 채널이에요. '서 박사네 반찬가게' 웃기겠지만, 제가 대학은 안 나왔어도 반찬은 박사라 그냥 그렇게 썼어요. 좋아요, 구독, 알림 설정은 기본입니다. 얼마나 댓글들이 좋은데요. 이제 음식 배달 앱에도 등록해서 천천히 배달도 해보려구요."

수경과 임진성은 당장 채널 구독을 했다. 서용정이 임진성에게 말했다.

"이삿날은 뭐다? 어서 짜장면 시켜줘요. 나 우리 집 반찬 남은 거만 먹느라 너무나 외식이 그리워요."

그러고 보니 서용정은 반찬가게를 열고 바쁘게 살면서 몸도 날렵해지고, 얼굴에 활력이 넘쳐났다. 보기 좋았다.

잠시 후, 음식이 배달되었다.

수경이 탕수육을 입에 집어넣으면서 말했다.

"청년 주거대책을 도와주는 민달팽이 유니온이라는 시민단체가 있거든요. 저도 처음에 독립할 때 거기 단체 도움을 받았어요. 전입신고하는 것도 배우고 계약서에 확정일자 받는 것도 배우고요. 부모님이 지방에 계셔서 제가 알아서 하는 것도 많았는데, 정말 고마웠어요."

임진성이 짜장면 면발을 먹다 쿡 하고 고개를 숙였다.

"웃겨요? 아니면 집 이사해서 좋아하는 거예요?"

서용정이 임진성에게 손수건을 건네면서 살폈다. 임진성은 고개를 들고 울음을 보였다.

"아뇨, 고마워서요. 저는 이렇게 남 일에 도움주는 사람들 거의 처음 본 것 같아요. 회사에서도 자기 일만 하지 옆자리 누구에게도 개인적 관심을 주지 않거든요. 저부터 그랬어요. 그런데 여기 무무사 사장님하고 수경 님이 정말 잘 도와주셔서 고마워요."

서용정이 눈시울이 붉어지면서 고개를 돌렸다. 임진성이 얼른 손수건을 돌려주면서 인사를 했다.

"그리고 서 사장님이 이렇게 반찬도 싸다 주시고 너무 고맙습니다. 서 박사네 반찬가게 제 최애 단골 가게가 될 것 같아요."

서용정이 아이처럼 웃으면서 손가락으로 파파라라 베개를 가리켰다.

"그럼 나 저거 줄 수 있어요? 너무 예쁜데. 그리고 머그컵도요."

수경이 화들짝 놀랐다. 저거는 한정판 빈티지 아이템이라 어렵게 구한 거라고 들었다.

"네, 드릴게요. 이제 저도 가상세계보다는 사람들에게 관심을 가져보려구요."

수경은 흐음, 하는 생각이 잠시 들었다. 하지만 임진성과 자신은 그리 어울리는 사람들은 아니다. 집안 형편이 다르다.

임진성이 환하게 웃어보였다. 항상 어색한, 미안해하면서 눈치를 살피던, 풀이 죽어있던 그가 달라졌다.

"고맙습니다. 여기 무무사 동네에 와서 정말 잘 살 수 있을 것 같아요. 정말 기쁩니다. 서 사장님도, 무무사 사장님도, 수경 님도 아무 거라도 말씀주세요. 제가 도울 수 있는 일은 도울게요. 저 그리고 사실 소원 성취했어요."

수경이 눈을 둥그렇게 떴다.

"네? 소원 성취라, 그럼 결혼정보회사에서 선택 안 된 거예요? 아니, 아직 무무사 사장님이 프로필 사진도 안 찍어주셨는데…."

"그게 아니라, 가입조차 안 하고 이렇게 독립했어요. 엄마한테 독립하는 거 그게 진짜 소원이었는데 이룬 거죠. 모두 무무사 덕분입니다. 여기 계신 분들께 정말 감사드립니다. 저도 무무사 일 무급으로 돕겠습니다."

연주가 웃었다.

"안 돼요. 일 도우려면 경비는 받아야죠. 필요할 때 도움 요청 드릴게요."

"제가 홈페이지나 블로그 관리해드리고 싶어요. 광고나 홍보 페이스북 계정 같은 거 말이죠."

수경이 눈을 크게 뜨는데 연주가 고개를 저었다.

"아닙니다, 진성 님. 그건 마음만 받을게요. 사정이 있어 홍보

할 수는 없어요."

"네. 알겠습니다."

수경은 현재 무무사는 자신의 알바비가 안 나올 거 같다는 생각이 들 정도로 찾는 손님이 적은데, 왜 홍보를 안 하나 궁금했었다. 그런데 오늘 보니 이유가 있는 것 같았다.

썸일까, 아닐까

그간 수경은 임진성에게 자존감을 높이는 방법을 알려주기 위해 《인간 심리의 이해》 등 심리학책을 읽었다.

자존감을 높이기 위해, 긍정적 마음으로 활기찬 행동으로 자신감을 높이고, 충격을 딛고 일어나는 자아탄력성이 뛰어나야 한다고 쓰여 있었다. 용서하고, 원만한 인간관계 속에서 감사하는 마음과 동시에 사랑의 지수를 높여야 한다고도 했다.

"사랑이라…. 사랑은 뭘까?"

수경은 깊게 사귀어본 이성이 거의 없다는 걸 새삼 깨달았다. 임진성은 어떤 사람일까.

솔직히 그는 키도 크고 잘생긴 편이고, 직업도 좋고 잘산다.

외모, 능력, 호의적 태도는 그 사람을 이성적으로 끌리게 하는 중요한 후광효과라고 한다.

수경은 책의 맨 마지막 챕터인, '성과 사랑'을 자세히 읽었다.

사랑의 세 가지 요소, 친밀감과 열정, 책임감. 그 모든 게 갖춰진 사랑이 완전하고 결혼까지 가게 될 확률이 높지만, 그런 사랑이 과연 나에게 올 것인가 의문이 들었다.

수경은 잠시, 사랑하다의 옛말 '고이다'라는 단어는 바로 생각하다, 라는 뜻임을 알고 놀랐다.

가정 먼저 생각난 사람은 임진성의 얼굴이었다.

자신이 지금 그를 홀로 몰래 좋아하는 것인가 헷갈리는 밤이었다. 수경은 자신의 대학 시절과 짧은 직장 생활을 돌아보았다.

솔직히 수경은 평소 편안한 셔츠에 통바지를 입거나 반바지를 입었다. 헤어스타일은 어깨까지 오는 머리를 묶거나 했다. 화장은 연하게 하거나 선크림만 바르는 편이었다. 우스갯소리로 홍상수 감독이 입는 편안한 옷차림이라는 뜻의 '상수룩'을 고집했다. 거기다 일할 때 직장에서는 재킷 하나 더 입었다. 그러니 클럽에 가는 옷차림인 일명 '독기룩(독기 있게 입어 남성을 홀린다는 의상)'은 거의 입어보지 못했다. 짧은 크롭 티셔츠나 미니스커트를 앱에서 사두기는 했지만 입어본 적은 손에 꼽는다.

그래서 모쏠 아닌 모쏠로 남아있는 건가 싶었다.

남친과 사귀어본 적은 있지만 깊게 결혼을 생각하면서 사귄적은 없었다. 이성적 매력이 없어서일까. 몇 번 밥 먹고, 커피 마시고 어쩌다 어벤져스 영화 한두 편 본 게 다였다.

콩닥콩닥한 감정도 거의 없었고 이렇게 데이트를 하는 건가, 아니면 그냥 친목 도모인가 싶기도 했다. 연애·결혼·출산이 사치 품목이라지만, 연애마저 없는 청춘시대는 얼마나 심심하고 허망한 것인가 하는 생각도 들었다. TV나 OTT에 나오는 일반인 연애 프로그램에서 출연자들은 모두 몸짱에 얼굴도 예쁘고, 식업도 좋고 인플루언서다. 수경은 자신이 어디에도 속하지 못한다는 게 아쉽지만, 현대에는 외모도 좋고 직업도 능력도 좋은 사람들이 우선인 시대이다.

그래서 자신은 억누르는 것이다.

사랑받고 싶은 감정을.

그리고 기회도 의욕도 자신감도 없어 연애를 못 하는 것이다.

'하는 수 없지.'

수경은 오늘도 이 말을 하면서 묵묵히 걸레를 적셔서 무무사 바닥을 닦았다. 진공청소기만 돌리고, 바닥을 걸레질 안 했더니 좀 눅눅하다는 생각이 들었다. 상념이나 부정적 감정을 없애는 데는 청소나 설거지가 최고였다. 수경은 음악을 틀어놓고 청소에 정신을 쏟아부으면서 알바 시간을 보냈다.

수경은 임진성과의 현재 관계를 생각해보았다.

과연 무엇일까.

그날 밤, 무무사에 임진성이 불현듯 찾아왔다.

"이 시간에 수경 님 있을 것 같아서요."

"아, 앉아요."

수경은 들고 있던 미니 빗자루를 구석에 놓았다.

주황색 등이 그들의 모습을 비추고 있었다.

온화한 분위기에 따뜻한 커피가 그들 사이에 놓였다.

임진성은 전화가 걸려오지만 받지 않았다.

"지금 어머니 전화가 너무 심해서 차단했다가 풀고 반복하게 돼요. 풀면 바로 전화가 와요. 도저히 회사에서 업무에 집중할 수가 없어요."

"혹시, 집안 허락 안 받고 독립한 건가요?"

임진성은 고개를 끄덕였다.

"주소도 안 알려 드렸죠?"

수경은 고개를 끄덕였다.

"으흠, 차라리 전화를 받거나 먼저 문자를 드려서 안전하게 잘 살고 있다, 그리고 방 정도는 찍어서 보내드리는 게 나을 것 같아요."

"그러는 게 나을까요?"

"네, 진성 님. 저도 처음 서울 와서 독립했을 때 어찌나 부모님이 전화하셨는지 몰라요. 지금은 안 그러셔요. 불안하셔서 제가 걱정돼서 그러신 거겠죠. 그런데 신기한 거는 제 마음이 안 좋을 때, 아플 때 어떻게 아시는지 바로 전화주시고 그래요."

"아, 그렇군요. 지금은 근데… 받고 싶지 않아요. 걱정이 너무 많으세요."

임진성은 커피를 한 모금 마시고 물었다.

"가끔 수경 님과 저는 어떤 사이인지 궁금했어요."

수경의 눈이 커졌다.

"네?"

"저 사실 호감이 있었어요. 수경 님의 도움으로 자존감도 높아지고, 제가 처한 일들이나 상황도 벗어날 수 있었고요."

수경은 묵묵히 들었다.

"그런데 우리는 뭔가 다른 사이 같아요."

수경이 되물었다.

"다른 사이…?"

"네. 수경 님. 일반적 연인 사이의 시작 감정보다는 뭔가 멘토 멘티 관계 같은 거요. 예전에 제가 고등학교 때 대학생 누나가 멘토로 도움을 준 적 있는데 그런 것 같아요."

수경은 잠시 생각하다 답했다.

"무슨 말인지 알 것 같아요. 저도 사실은, 요 근래 진성 님과 자주 연락을 주고받다 보니 생각을 해봤어요. 그런데 마음이 가고 생각은 나지만, 첫 만남 때 설레는 그런 감정은 안 들었던 것 같아요."

임진성이 고개를 끄덕였다.

"가끔은 이런 관계가 연인보다 더 오래가기도 하죠. 일시적이 아닌, 서로에게 윈윈이 되는 도움을 주고받는 사이요."

수경이 마음이 편해져 환하게 웃었다.

"남사친 이런 단어로 정의하고 싶지 않아요. 단지 나이와 성별, 학연, 지연을 다 떠나서 그냥 도움을 주고받는 사이도 있는 거죠. 서로의 고민을 들어주고 힘이 되어주는 관계요."

"여기 무무사처럼요? 수경 님, 처음 이곳에 사연을 남기러 방문했을 때 왜인지 마음이 따뜻해졌어요. 공간에서 주는 느낌이 좋았어요. 그런 곳을 방문하면 그 회사는 오래 다니고, 동료들도 좋고 그렇더라구요. 카페도 내 아지트 같은 곳이 있구요. 무무사가 주는 좋은 기운, 그런 느낌?"

수경은 의자를 옆에 두고 임진성을 앉게 한 후 노트북을 보면서 말을 이어 나갔다.

"여기 모니터 보세요. 촬영에는 빛이 굉장히 중요하거든요. 같은 풍경 사진인데도 빛에 따라 느낌이 다르죠."

수경이 보여준 놀이터 사진은 노란빛에는 고적한 풍경으로, 파란빛에는 침체된 이미지로 분홍빛에는 사랑스러운 이미지로 보였다.

"정말 빛에 따라 같은 풍경이 다 다르게 나오네요."

"그렇죠. 카메라 파인더로 빛을 살펴야 하는데, 이 사진 피사체의 내부 이미지가 지닌 빛을 볼 줄 아는 힘을 길러야 해요. 정말 미세한 차이로, 어둡고 음침한 이미지, 섬세하고 다정한 분위기, 동적인 빛, 정적인 빛, 따뜻한 빛과 차가운 빛을 구별해내야 해요."

그날 밤, 수경은 임진성과 서로 격려하는 말을 주고받으면서 사진 이야기를 했다. 어느덧 시간이 제법 됐고, 임진성이 돌아가고 난 후, 수경은 무무사를 정리하고 퇴근했다.

퇴근하면서 가게의 유리창으로 들여다보는데, 주황색 할로겐 등이 다정하게 빛을 비추었다.

수경은 안심되는 마음으로 고개를 끄덕이고 집으로 향했다.

무무사의 불빛이 누군가의 어두운 밤 같은 마음에 빛이 들게 해서, 그에게 용기와 희망을 준다면 그것보다 더 기쁠 수는 없을 것 같았다.

한 걸음. 아주 한 걸음.

그걸 나올 수 있는 용기와 에너지는 홀로는 얻기 힘들다.

누군가 도움을 줄 때 그 길고 긴 터널 같은 어려운 상황들을 조금이나마 헤쳐나가서 불행에서 벗어나 살아갈 힘을 얻을 수 있는 것이다.

영원히 늙지 않고
싶다는 소원

홈쇼핑 회사의 스튜디오, 오늘도 50대의 여성 안동희 쇼호스트가 화장품을 팔고 있다. 화려한 조명이 내리쬐는 가운데, 무대 중앙의 테이블에 안동희와 후배 라선영이 앉아서 에센스와 동안 크림을 들고 제품 설명 중이다.

"이 동안 크림은 시청하시는 여러분들의 피부를 개선시켜 주는 제품입니다. 보통의 자사 제품과 다르게, 호주산 양태반 성분을 넣고, 유칼립투스, 녹차 추출물 등의 자연 유래 성분이 함유돼 피부에 생기와 활력을 주고, 주름 개선을 시켜줍니다."

안동희가 말을 하는데 갑자기 라선영이 끼어들었다.

"여러분, 저와 같은 30대도 방심을 하면 안 됩니다. 안 선배님은 50대라서 이 화장품을 시제품으로 써보셔도 별로 다를 바가 없을 수 있죠, 그런데 그렇게 생각하시면 안 돼요. 저 좀 클로즈업으로 들어와 주세요."

라선영은 오늘도 똑 부러지는 목소리로 조곤조곤 제품의 성분과 효능을 설명했다.

"저는 아직은 30대라 그런지 확실하게 효과가 큽니다. 자, 보시죠. 이 탱탱함을. 뺨이 그냥 튕겨 나가죠. 무척 좋아졌습니다."

안동희는 카메라가 자신에게서 라선영 쪽으로 오래 비추자, 자그맣게 숨을 내쉬었다.

이제 50대 초반에 접어들고, 얼굴의 이마, 눈, 입가 등에 주름이 많아졌다.

아무리 피부과·성형외과를 다녀 리프팅을 해도 시간이 지나면 그대로 처지고, 예전 같은 활력을 얼굴에 슬 수 없있다. 지언스레 방송시간이 후배들에게 밀려서 새벽 시간에 배치되었는데, 이마저도 치고 올라오는 후배 때문에 제품 설명할 기회가 줄어들었다. 이러다가는 물류창고에 발령받아 자동적으로 나가게 될지 모른다.

이러다 회사의 정리해고 리스트에 올라갈 것 같았다.

어쩌다 이렇게 되었을까.

그날 새벽 홈쇼핑 방송을 마치고, 집으로 터덜터덜 걸어갔다. 보통 차를 몰고 다니는데, 최근에 유지비도 많이 들어서 팔고, 전철을 타고 다녔다. 알아보는 사람도 거의 없었다.

지하철역에서 나와 집으로 가는 중에 눈에 들어오는 카페를 보았다. 주황색 간판에 '무무사'라고 크게 적혀있었다.

비에 젖은 운동화가 질척거렸다. 무엇엔가 끌리듯이 가게 문을 열었다. 커피 한 잔을 혼자서 조용히 마시고 싶었다.

들어가려는데 '24시 문을 여는 무지개 무인 사진관'이라고 적힌 팻말이 눈에 들어왔다.

안동희는 조용히 들어가 주변을 살피다 노트가 있는 테이블에 앉았다.

무지개 노트에 흥미로운 이야기를 적으면 사진을 찍어준다고 써 있었다.

인터넷으로 검색해보니, 사연을 적고 사진을 무무사에서 찍었더니 소원이 이루어졌다는 글이 몇 개 보였다. 한 남자가 연애에 대한 회의감으로 파파라라 덕질을 하다 사람에 대한 신뢰를 회복했다는 이야기도 보였다. 안동희는 장난 삼아, 혹은 진심을 담아서 글을 길게 적어나갔다.

- 전 하고 있는 일이 실적 위주로 인정받는 일이라 24시간 일만 했어요. 밤에 자면서도 내일 실적은 어떨지 고민을 했습니다. 제가 하기에 따라서 판매량이 달라지거든요.

 싱글이라서 주말과 명절도 급하다 그러면 제가 나가서 일했습니다. 원하던 직업이었고 경쟁률이 높아 어렵게 들어갔고, 일을 배울 때는 재미도 있었습니다. 하지만 점점 10년이 지나가면서 월급은 들어오지만 몸도 피곤하고, 내가 정말 원하던 직업이었나 회의도 왔습니다. 10년이 더 지났어요. 지금은 일이 재미도 없고 실적도 오르지 않아요. 제가 혼자서 벌어 부모님 용돈도 챙겨드려야 하는데, 어떻게 해야 할까요?

 후배들이 저를 앞서나가는 적도 많습니다. 거울을 보면 하나

120

둘 주름과 처진 부분이 보입니다.

영원히 안 늙고 싶습니다. 제 일의 특성상 늙으면 손해 보는 일입니다. 방법이 없을까요? 성형시술이나 피부과 레이저는 받아봤지만, 날이 갈수록 얼굴은 탄력이 떨어집니다.

저의 연락처는 다음과 같습니다. 제 소원은 영원히 안 늙는 것입니다. 몸도 마음도 일에 대한 마인드도. 도와주세요. 무무시 사장님.

안동희는 일주일이 지나, 생각이 나서 무무사를 새벽에 방문했다. 무지개 노트를 펼쳐 자신의 글을 찾았다. 글 밑에 누군가 달아놓은 글이 보였다.

- 무무사 사장입니다. 사진을 찍으면 영원히 안 늙게 해드릴게요, 연락을 드리겠습니다. 메시지 보낼 연락처를 제 이메일로 주세요.

안동희는 즉시 이메일을 보내 인스타그램 주소를 남겼다. 다이렉트 메시지를 달라고 했다.

개인 계정이라 그녀가 쇼호스트라는 걸 모를 거였다.

과거나 지금이나 그렇게 잘나가는 호스트가 아니었고, 이제는 은퇴할 시기이다.

안 늙을 수만 있다면. 지금보다 주름이 더 생기지만 않는다면, 경력을 어떻게 이어 나갈 수 있지 않을까.

안동희는 얼마 후, 무무사로 나와달라는 메시지를 받았다.

약속한 날, 안동희는 퇴근하고 무무사로 갈 예정이었다. 지하철 창으로 저녁놀이 지는 걸 보면서 퇴근했다. 집에 들렀다 가벼운 옷차림으로 갈아입고 무무사로 향했다.

무무사에 들어가니, 연주와 수경이 맞이했다.

수경이 안동희를 보자마자 깜짝 놀랐다.

"어? 연예인 아니세요?"

"아, 알아보시네요. 사실은 홈쇼핑 쇼호스트예요."

"어쩐지 뵌 분 같아요. 저희 엄마가 홈쇼핑 채널 그냥 틀어놓으셔서 본 적 많거든요. 엄마는 쇼호스트분들이 말 걸어주면 기분이 좋으시대요."

"후후, 주부님들이 많이들 시청하세요."

수경이 커피를 가져다주자, 안동희는 고맙다고 고개를 숙여 보였다.

"저기, 정말로…."

안동희가 떨리는 목소리로 이어서 물었다.

"정말 노화가 멈출 수 있나요? 아, 아니 조금이라도 예전 얼굴로 돌아갈 수가 있나요? 사진을 찍는다면요."

연주는 고개를 끄덕였다.

"따라와 주신다면 가능하죠."

안동희가 미심쩍다는 듯 되물었다.

"무슨 다이어트 식품이나 콜라겐 영양제 파는 건 아니죠? 제가 일 때문에 많이 홍보를 해봤는데 효과가 큰 것도 아니고, 노화를 멈춰주는 것도 아니었어요."

수경은 걱정스러운 얼굴로 연주를 보았다.

서용정, 임진성의 소원을 들어주기는 했지만 그건 무슨 마법이나 초능력이 아니었다. 자연스럽게 그들이 원하는 방향으로 일이 진행된 것이었다. 하지만 노화는 다르지 않을까.

여기가 성형외과도 아닌데, 할 수 없는 일일 것이다. 사진만 찍어서는 불가능하다.

흥미로운 사연이지만, 들어줄 수 없는 사연이다. 수경이 연주를 난처하다는 얼굴로 보았지만 연주는 안동희와 사진을 찍을 날짜를 잡고 있었다.

안동희는 날짜를 잡은 후에, 흔들리는 눈빛으로 말했다.

"요 근래 꿈도 뒤숭숭했어요. 어제는 아이가 높은 데서 떨어져 제가 얼른 병원으로 데려가려는 꿈을 꿨죠."

연주는 조용히 들었다.

"근데 저는 아이가 없어요. 결혼을 안 했어요. 인터넷으로 꿈 해몽을 찾아봤는데 하던 일이 실패하거나 잘 안되는 꿈이래요. 알게 모르게 지방 사무실 일반직으로 발령나고 사라진 제 선배 쇼호스트분들이 계세요. 모두 1, 2년 물류창고에서 근무하다가 앞으로 방송에 못 나온다는 걸 느끼고 사직서를 제출했죠. 나이 든 쇼호스트들은 톱급 아니고는 거의 없잖아요. 저도 요즘 방송이 새벽에만 잡히거나, 점점 줄어들고 있어요."

연주가 안동희를 다부진 표정으로 보았다.

"돼지꿈 같은 로또 맞는다는 꿈 꾸고 실제 로또 맞으신 적 있어요?"

안동희가 슬며시 고개를 저었다.

"아니요. 저번에 불나는 꿈 꾸면 돈벼락 맞는다 해서 복권 샀지만 당첨 안 됐어요."

"꿈은 꿈일 뿐이죠. 현실의 불안을 나타내 준다고 보면 됩니다. 프로이트의 이론입니다. 그러니 걱정 마세요. 일단 사진을 찍고 나서 늦지 않게 해드릴게요."

연주는 미심쩍은 얼굴이었다.

"정, 정말 그게 가능할까요? 모든 사람의 꿈인데요."

연주는 창밖을 내다보았다. 비가 어느덧 내리고 있었다. 수경은 이야기에 몰입해서 비가 오는 지도 몰랐다.

"전 반대로 빨리 나이가 들고 싶습니다, 안동희 님. 모두들 꿈도 다르게 꾸고 살지만, 미래에 이루고 싶은 소원도 다 다르죠. 비가 오네요."

연주가 일어나 창밖을 살피자, 안동희는 가방을 들고 일어나서 갈 준비를 했다.

"우산 가져오셨나요?"

수경의 물음에 그녀는 핸드백에서 자그마한 분홍 우산을 꺼냈다.

"보통 양산으로 쓰는데 우산도 되죠. 저 그럼 잘 부탁드립니다. 사장님, 촬영 날 뵈러 올게요. 비용은 물론 드리겠습니다."

일주일 후, 안동희는 숍에 들러서 화장도 하고 하얀색 슬랙스 정장을 입고 무무사를 찾아왔다. 잘 단장한 헤어스타일과 메이크업이 돋보였다. 수경은 새삼 방송에 나오는 사람은 다르다 여겼다.

안동희가 봉투를 사례금이라고 연주에게 건넸다. 연주는 봉투를 돌려주면서 말했다.

"다음 번 외부 출장 사진 찍을 일에 불러주세요. 이번에는 제가 그냥 찍어드릴게요."

안동희는 미안한 얼굴로 무무사를 둘러보다가 일회용 필름 카메라 자판기 앞에 멈춰 섰다.

"그럼 이 카메라들 여러 개 사 갈게요."

안동희는 자판기에 카드를 대고, 필름 카메라를 코닥, 후지 등 브랜드별로 하나씩 구매했다.

수경이 연주가 촬영 준비를 하는 동안 필름 카메라를 설명했다.

"이거 코닥 펀세이버는 플래시 기능이 있는데요. 인화해보면, 노란빛을 띠는 사진에 아날로그적 감성이 잘 나오죠."

안동희가 푸후후 웃었다. 얼마만의 웃음인가 싶었다. 사진을 찍기 전에 설렜다.

"수경 씨 같은 MZ 세대가 좋아한다는 인스타 갬성인가 그거 말이죠?"

"네. 그렇죠. 그런데 블루 색감도 파스텔처럼 잘 나와서, 무척 풍경이 예쁘게 나와요."

"이거 후지 퀵스냅은 어떤데요?"

"이건 27장 찍을 수 있는데, 어두운 곳에서 찍으면 녹색 색감이 나오고요. 이끼 색감의 느낌이 새롭더라구요."

"어찌 보면 스릴러나 공포영화 같은 느낌일 것 같은데요?"

수경은 자신이 찍은 사진 인화한 것을 보여주었다.

"좀 다른데요, 이 사진들 보세요. 여기 청명하고 푸릇한 느낌이 감돌죠. 브랜드별로 이렇게 색감과 분위기가 달라요."

연주는 그들이 말하는 사이 미러리스 카메라를 들고서 촬영모드와 조리개, 셔터스피드를 설정하고, 사진 구도를 잡아보았다.

"안동희 님, 잠깐 동그란 테이블 옆으로 서보세요."

안동희가 연주의 주문대로 꼿꼿하게 등허리를 펴고 섰다. 정자세를 하고 얼굴과 몸을 약간 사선으로 프로필 샷에 맞는 포즈를 취했다.

연주는 프레이밍(Framing, 구도 잡기)을 하면서 얼굴부터 무릎까지의 미디엄 샷, 허리까지 웨이스트 샷, 가슴까지 바스트 샷 등을 잡아보았다.

연주는 한참 구도를 잡다가 셔터를 내려서 테스트 컷을 찍었다. 이내 고개를 저었다.

"잠시 여기 앉아보시죠."

"작가님, 무슨 잘못된 일이라도."

안동희가 걱정이 어린 눈으로 연주 앞에 앉았다.

연주는 서용정이 요리하는 모습을 담은 일상사진을 보여주었다.

"이분은 남편과 이혼하고 실의에 차서 너무도 힘들게 사셨지만, 지금은 자신이 대표로 반찬가게를 내고, 활동적으로 사시고 있어요."

연주는 이번에는 서용정의 반찬가게에 놀러 갔을 때 찍은, 머리에는 주방장 모자를 쓰고 앞치마 두른 사진을 보여주었다.

"정말 다른 사람 같네요. 눈이 반짝거리고, 활기차 보여요. 10년은 젊어진 것 같아요."

연주는 여러 명의 노인 얼굴을 찍은 사진을 안동희 앞에 놓았다. 안동희는 사진첩을 펼쳐서 일일이 세심하게 보았다.

"이 사진들은 제가 농촌이나 어촌으로 사진 봉사가서 찍은 사진들입니다. 이 분은 85세세요. 그런데 전혀 그렇게 안 보이죠?"

연주가 가리키는 사진에는 도라지를 캐는 할머니가 환하게 웃는 모습이 있었다.

"얼굴에 주름이 많아서 나이 들어 보이고 그런 개념이 아니라, 전체적인 생동감과 활력 그리고 눈에 호기심이 많고 다정하고 건강한 기운이 들어있어야 젊어 보이는 겁니다. 지금 안동희 님은 전반적으로 건강한 기운보다는 지쳐 보여요. 구도를 잡아봤는데, 지금보다는 시간이 지난 후 찍는 게 좋다는 생각이 들었습니다."

안동희는 한숨을 내쉬었다.

"저, 사실 잠을 푹 못 이루어요. 어제도 밤을 샜어요. 늦게 잠자리에 들었는데 새벽에 깨고 잠이 안 오고, 이런 수면 패턴으로 버티고 있어요. 몇 달간이나."

수경이 걱정하며 물었다.

"병원에 안 가보셨어요?"

"갱년기 장애라고 호르몬 관련 약을 처방해 줬지만, 얼굴에 여드름도 나는 것 같고 해서 일단 중지했어요. 약이 문제가 아니라 제가 지금 하는 일에 관심도와 흥미가 떨어졌어요."

"정기 검진을 받으시나요?"

"네. 그런데 이상은 없어요. 다만 나이 듦에 따른 노화와 컨디션 저하겠죠."

연주가 간곡히 말했다.

"안동희 님, 팔과 다리에 근육이 하나도 없다면, 그 자체가 노화입니다."

"네? 하지만 저는 방송에서 물건을 팔아야 하기에 군살이 있을 수 없어요."

연주는 고개를 저었다.

"굶어서 살 빼는 것보다 운동을 해서 살을 찌우더라도 탄력 있는 몸과 얼굴을 만드는 게 중요하죠. 평소 식사는 어떻게 하세요?"

"그거야…."

안동희는 홀로 살면서, 식사를 거의 거르고 다이어트 식품을 주로 먹고 운동은 거의 안 했다.

이상하게 먹지도 않는데 배에는 살이 붙었고, 팔과 다리는 엄청나게 가늘어졌다.

몸무게는 50킬로 미만이지만, 몸이 무거운 느낌이 들고 잘 넘어졌다. 힐을 신고 다녀 그런가 싶어 출퇴근 시에는 운동화를 신었다.

연주가 물었다.

"잘 넘어지시죠?"

"네. 하지만 제가 비만이라거나 그런 거는 절대 아니에요. 운동 감각이 떨어져 그런 것 같아요."

"그게 문제죠. 비만이 아니라 저체중에 팔과 다리에 근육이 적어 그럴 겁니다."

연주는 잠시 생각하다 말을 이었다.

"이번에 안동희 님은 얼굴 사진이 아니라 보디 프로필 사진으로 찍어봅시다."

수경과 안동희가 눈을 크게 뜨고 놀란 표정을 지었다.

"네에?"

"사장님, 보디 프로필요?"

"네. 요즘 보디 프로필이 인기이죠. 물론 극심한 다이어트나 과도한 노출 설정은 불편할 수도 있지만 유행이죠. 안동희 님은 어느 정도 체력 개선으로 노화를 막을 수 있을 겁니다. 당장 전철역 근처 헬스클럽으로 집결해 봅시다."

수경은 어안이 벙벙했지만, 연주가 수경에게 직원 복지 차원에서 헬스클럽 비용 3개월 치를 내준다고 했다. 안동희는 일단 헬스클럽에 방문해서 둘러보고 수강할지 결정한다고 했다.

그리고 며칠 후, 연주와 수경은 안동희와 헬스클럽에서 만나기로 약속했다. 수경은 집에서 입는 조거팬츠와 티셔츠를, 연주는 헬스클럽에서 회원용으로 빌려주는 회색 운동복을 입었다.

저만치서 서용정이 검은색 레깅스와 요가 티셔츠를 입고 반갑게 다가왔다.

"사장님, 수경 씨!"

"서 사장님, 여기서 운동하시는 거예요?"

"네. 그동안 무무사 사장님께도 같이 운동하자고 계속 제안을 드렸어요. 무무사에서 일만 하시니 얼마나 체력이 다운되시겠어요. 날도 더운데, 시원한 이곳에서 주말에 운동하면 좋죠. 무무사는 어차피 낮에는 무인으로 운영하잖아요. 수경 씨도 너무나 잘 왔어요."

이때 준비해온 운동복을 갖춰 입은 안동희가 다가왔다.

"사장님, 헬스클럽 등록하긴 했는데…. 운동은 너무 오랜만이어서요."

안동희는 운동복 밖으로 나온 팔과 다리가 무척 가늘고 하얬다.

서용정이 놀라서 안동희를 유심히 살폈다.

"저, 혹시 어디서 뵌 분 아닌가 싶은데."

수경이 웃으면서 말했다.

"홈쇼핑 쇼호스트세요."

"아! 맞다! 새벽에 물건 파시는 분 맞죠? 인견 원피스 3종 세트 저 사 입었어요! 너무 편해요~"

안동희가 배시시 웃었다.

"네. 그 물건 제가 팔았어요."

"저 새벽에 잠 안 오면 홈쇼핑 채널 보거든요. 이혼하고 나서 홀로 사는데 심심해서요. 말 걸어줄 사람이 없는데, 쇼호스트들은 다정하게 말도 걸고 설명도 해주고 그러잖아요. 안동희 님 방송 자주 봤어요."

안동희의 얼굴이 밝아졌다.

"정, 정말요?"

"네. 조용히 말씀하시는 게 저랑 맞아요."

"아, 그러시구나. 요즘은 후배 쇼호스트들이 워낙 통통 튀게 방송해서 제가 좀 밀린 듯한 기분이었거든요."

"이리 와보세요. 너무 마르셨어요. 제가 여기서 트레이너님한 테 식단 관리받으면서 포케 음식을 여기 자판기에서 판매하는데 닭고기 포케와 연어 포케가 단백질 함유량이 높고 영양소가 고루 들어가 있거든요. 강추합니다. 아보카도와 닭고기 맛이 제법 어울려요."

안동희는 헬스클럽 복도에 비치된 샐러드와 음료수 자판기에서 서용정이 권하는 메뉴를 살펴보았다.

"어? 이런 사업을 하시는 거예요? 제가 하는 방송에서 밀키트도 몇 번 다루어 본 적 있는데 괜찮았어요. 제 방송 담당 엠디와 미팅 한번 어떠세요? 제가 인기 있는 쇼호스트는 아니지만, 그래도 회사 경력이 꽤 돼서 소개는 시켜드릴 수 있죠."

서용정의 눈에서 빛이 났다.

"네에? 정, 정말요?"

"그럼요. 대신에 수수료는 회사에 주는 걸 염두에 두시고 최대한 홍보에 집중하시는 게 좋을 것 같아요. 첫 판매부터 대박 나기는 정말 힘들거든요."

서용정은 긍정적인 웃음을 띠었다.

"해보고 싶어요. 저 어릴 적부터 TV에 나가서 말해보는 게 소원이었는데 기회 주세요."

연주와 수경은 안동희와 서용정이 나누는 대화를 들으면서 미소를 띠고 지켜보았다.

고립된 환경 속의 사람들이 나와서 또 다른 사람들과 관계를 맺으면서 시너지 효과를 내는 게 새롭고 신기한 경험이었다.

서용정은 확실히 무무사에서 사진을 찍고 난 이후, 삶의 활력을 얻고, 새로운 일에 도전하게 되었다. 소원 성취를 직접적으로 이룬 것은 아니지만, 서용정은 새 인생에 도전하고 있다.

○

포케 음식에 들어간 재료들처럼
어우러지는 사람들

몇 주가 지나고, 안동희는 열심히 운동하였고, 서용정은 포케 도시락 메뉴를 개발하고 사업화하였다.

서용정은 수경과 함께 홈쇼핑 회사 엠디를 만났다. 수경은 포케 도시락 사진을 찍기 위한 콘셉트를 연구하기 위해 같이 만났다.

서용정은 처음에는 회사를 상대하는 걸 어려워했으나, 요리 상품화에는 자신이 있어 다행히 회의가 성공적으로 끝났다.

상품이 개발되고, 수경이 도시락 사진을 찍어서 홈쇼핑 회사에 보내는 과정 끝에 방송 날짜가 잡혔다.

방송 날이 되었다. 서용정은 출연자 대기실에서 메이크업을 공들여 받는 안동희에게 다가갔다.

안동희는 인사를 한 후 메이크업이 끝났는데도, 계속 본인이 브러셔와 아이브로우 등으로 손을 보았다. 서용정이 자그맣게 안동희에게 속삭이듯 말했다.

"안동희 쇼호스트님. 그렇게 외모 신경 안 쓰셔도 돼요."

"네?"

"충분히 아름다워요. 그리고 운동한 이후로는 생기와 활력이 넘치세요."

"하지만 눈가에 주름이 그리고 팔자 주름도 있어요."

서용정이 고개를 저었다.

"아니요. 저도 남편이 제가 무능력하고, 뚱뚱하고, 무기력하다고 떠났을 때 충격받았죠. 전 수영복을 입고 얼굴을 마스크로 가리고 유튜브에 춤추고 노래하는 영상도 올려서 누군가 나를 예쁘게 봐주기를 원했어요. 그리고 샤넬 백도 사서 제가 있어 보이게 하려고도 했구요. 그런데 그게 큰 효과가 없었어요. 남편도 안 돌아오고, 누가 나를 진심으로 대하지도 않았구요. 무무사 사장님이 제 일상의 요리하는 모습을 찍어서 반찬가게도 열고, 경단녀 지원금도 받으면서 점차 제 얼굴이 달라져가고 내가 누구를 도와줄 여력도 생겼어요. 푸드뱅크에 남은 반찬 기증하고, 어려운 분들은 그냥도 드리거든요."

안동희는 서용정의 말을 경청했다.

서용정이 안동희에게 얼굴을 가까이하면서 말했다.

"그 누구도 내 얼굴을 요리조리 뜯어보거나, 이렇게 들어와서 보지는 않잖아요. 물론 동희 님은 방송에 나와야 하고, 클로즈업되니까 걱정은 많겠지만요. 히히, 그렇지만 나한테 쇼호스트들이 친근하게 말 걸어주니깐 좋은 거였어요! 그 사람들 얼굴이 예뻐서 물건을 사는 게 아니라 진심으로 차근차근히 설명하고 활기차게 소개할 때 마음이 동해요. 손이 폰으로 갔다 말았다 한다니깐요."

안동희는 고개를 끄덕였다.

"알겠어요, 서 사장님."

"오늘 나 믿고 포케 도시락 활기차게 팔아봅시다!"

"진심으로 고마워요."

"무슨, 제가 감사하죠. 쇼호스트님, 여기 방송 탄다고 이미 동네 사방팔방 다 말해놨어요! 단골들도 다 본대요. 나야말로 고맙죠. 유명인사 되는 건데요."

저만치 카메라 감독 옆으로 수경과 연주가 손을 흔들었다. 연주는 방송 피디에게 허락받고 플래시를 켜지 않고 그들의 모습을 담기로 했다.

안동희는 서용정의 손을 살포시 잡았다.

"오늘 같이 잘해봐요."

서용정이 고개를 끄덕였다. 방송 피디가 사인을 주면서 말했다.

"자, 이제 방송 시작합니다. 쇼호스트와 업체 사장님 준비해주시고요. 그럼 두 분이 인사하시기 전에 사인 드릴게요. 천천히 들어갑니다. 오, 사, 삼, 이, 일, 스탠바이 큐!"

안동희는 환하게 웃으면서 말했다.

"안녕하세요. 오늘 제품을 소개해드릴 쇼호스트 안동희입니다. 수제 포케 도시락을 소개해드릴 서 박사네 반찬가게 서용정 사장님을 모시고 제품 소개해드리도록 하겠습니다."

"안녕하세요. 저는 진짜 박사는 아니지만, 반찬 만드는 박사인 서 박사네 반찬가게 서용정 대표입니다. 서 사장이라고 편하게 불러주세요~"

"안녕하세요, 서 사장님. 오늘 가지고 나온 도시락 설명을 해주시겠어요?"

"네, 제가 직접 포케 도시락 메뉴를 개발해서 현재 제 가게에서도 절찬리에 팔고 있는 제품인데요. 밀키트 형식으로 집으로 배달받을 수 있는 제품들을 소개해드리려 합니다. 파인애플과 스테이크가 들어간 하와이안 스테이크 시그니처 메뉴, 운동을 하시는 분들에게 추천해 드리고 싶은 닭가슴살 두부 포케 그리고 연어와 참치 등의 식재료가 들어간 해산물 포케…."

수경이 미러리스 카메라 모드를 조정하는 연주의 귀에 대고 속삭였다.

"얼굴이 달라졌어요. 안동희 님도 서용정 사장님도요."

"자리가 사람을 만드는 게 아니라, 일이 사람을 활기차게 만들죠."

수경은 고개를 크게 끄덕였다. 자신도 여기 무무사에서 여러 사람들에게 희망과 힘을 주고 무언가 사회에 중요한 역할을 하는 사람이 된 것 같았다.

그날 홈쇼핑에서 매출액이 꽤 나왔고 서용정은 무척 기뻐하면서 제품들을 스태프들에게 일일이 나누어 주었다.

연주와 수경이 카메라 장비를 들고 안동희에게 다가갔다.

"오늘 스튜디오에서 보디 프로필 촬영한다는 섭외는 미리 되어 있는 거죠?"

안동희가 연주에게 고개를 끄덕였다.

"네. 제가 피디님에게 잠깐 쓴다고 말씀드렸어요."

"어서 옷 갈아입고 오십시오."

잠시 후, 안동희는 레깅스와 스포티한 크롭탑을 입고 나왔다. 서용정은 남겨둔 포케 도시락을 들고 왔다. 안동희가 말했다.

"포케 도시락 홍보 목적으로 보디 프로필을 촬영한다 하니 피디님도 대찬성하셨어요."

"자 그럼 들어가 봅시다. 수경 씨, 조명판 세팅해줘요."

"스튜디오 조명등도 사용할 수 있다고 하셨어요. 준비할게요, 사장님."

수경은 조명등과 조명판을 세팅하고, 연주는 미러리스 카메라 렌즈를 바꾸어 끼우고 촬영모드를 맞췄다.

안동희는 서용정이 도시락을 들려주는 데로 포즈를 취해보았다.

연주가 외쳤다.

"자, 그럼 들어갑시다. 오늘 사진의 콘셉트는 신체의 아름다움과 자연스러움 그리고 건강함입니다. 포즈 취해보세요. 찍습니다."

찰칵찰칵찰칵찰칵. 연주는 연속 촬영을 하고 안동희의 보디 프로필 사진 촬영이 끝나자, 마지막으로 레시피 개발자인 서용정과 사진을 찍었다.

그렇게 안동희 쇼호스트의 보디 프로필 사진 촬영이 끝났다.

이 주 후, 전화가 걸려왔다.

안동희였다.

"사장님! 사장님이 찍어준 보디 프로필 사진이 피디님, 엠디님에게도 좋은 반응을 얻어 본부장님께 회사 간판 사진으로 전시를 하자고 보고하신대요! 자연스러운 신체의 노화에 다양한 영양분으로 긍정적 도움을 주는 제품 사진 전시회에 집어넣는다 하셨어요!"

수경이 연주의 핸드폰 너머로 소리를 듣고 외쳤다.

"축하드려요! 쇼호스트님!"

"놀라지 말아요, 수경 씨. 저 유명한 속옷 홈쇼핑 방송 잡혔어요. 주말 프라임 타임입니다."

"정말 축하드려요!"

수경은 안동희 쇼호스트가 일을 통한 활력으로 영원히 늙지 않을 거라고 여겼다.

그렇게 무무사에서 또 한 번 소원이 이루어졌다.

○

한강 수영장에서
휴식하는 게 명령입니다

"휴가나 가요, 내일은! 사장으로서 명령입니다. 수영복을 준비해 오십시오!"

안동희의 보디 프로필 사진 파일들을 정리하고 나서 연주는 그렇게 말했다.

수경은 스윽 뒤로 돌아 웃었다. 대학교 때 잠깐 친구들하고 워

터파크 간 것 말고는 거의 없었다. 워터파크에서 알바할 때는 신
나게 노는 청년들을 보면서 핫도그와 커피를 팔았다.

다음 날 오전 일찍 수경은 래시가드와 반바지 등을 챙겨서 무
무사 앞에서 기다렸다.

시간을 확인하는데, 연주가 모는 차가 무무사 앞에 섰다. 조수
석 창문이 열렸다.

나이키 운동모자를 쓰고 민소매 티셔츠를 입은 연주가 타라
고 손짓했다.

"어디 가는데요?"

"뚝섬."

수경은 조수석에서 웃었다. 정말로 기뻤다. 가까운 데 가는 것
도 마음이 놓였다. 과한 곳에 가서 사장님께 대접받는 것도 부담
될 것 같았다.

"왜 실망했어요?"

"아뇨. 가까워 좋아요. 빨리 무무사 복귀하고 싶어요."

"무무사는 다음 주부터 근무합시다. 오늘은 휴가라고 이미 사
진관 문에 붙여놨어요. 무인 사진관도 쉬는 날은 필요하답니다."

뚝섬 한강 수영장에 도착하니, 많은 사람들이 수영하고 있었
다. 수경과 연주는 입장권을 사서 들어왔다. 수영복으로 갈아입
기 전에 그늘에 남은 파라솔이 있는지 보았다.

"저기 파라솔 하나 남았다. 사장님, 어서요."

연주가 음료수를 사서 지갑을 챙기고 바쁘게 수경을 따라가고, 수경이 가방을 두고 자리 잡았다. 그때 주황색 비키니를 입은 늘씬한 여성이 하이힐을 신은 발로 수경의 가방을 툭 쳤다.

"여기 우리가 먼저, 저 건너편서부터 눈으로 찜하고 오던 중이었어요. 짐 치워 줄래요?"

수경이 발끈했다.

"뭐라구요? 제가 먼저 짐 두고 앉았으면 제 자리죠. 여기 파라솔 선착순으로 차지하는 건데 왜 그러세요?"

여자가 갑자기 소리 질렀다.

"야, 너 나이 얼마니? 여기 우리가 먼저 탈의실 나와 눈으로 찜하고 오던 중에 니가 턱 하니 앉은 거라구!"

이때 여자의 남친이 다가오며 말했다.

"자기야, 왜 그래?"

주황색 비키니 여자는 헬스로 몸을 엄청 키운 남자에게 하소연했다.

"여기 우리 자리인데 이 학생이 새치기하고 그러네, 아이 정말."

"학생 아니어요. 졸업했어요. 그리고 새치기 아닙니다."

이때 연주가 다가와 부드럽게 말했다.

"저리로 다른 데 자리 잡아요, 수경 씨."

비키니 여자가 소리 질렀다.

"아주머니, 딸 교육 잘 시켜요. 왜 이렇게 무턱대고 덤벼요?"

수경이 나서려는데, 연주가 말리면서 고개를 굽신거렸다.

"죄송합니다."

"사장님, 비켜봐요. 따지게요."

"사장? 뭐여? 둘이 모녀지간도 아냐? 정말 이상하다. 자기 어서 앉자."

그들이 파라솔 아래에 자리를 펴고, 연주는 수경과 다른 쪽 햇빛 드는 데로 앉았다.

"사장님, 왜 우리가 피해요? 저 남자 덩치가 커서 피하신 거예요?"

연주는 슬며시 미소를 지으면서 수경을 달랬다.

"아니요, 사람은 결정적인 순간을 위해 모든 걸 참아야 할 때도 있어요. 저 사람들과 아침부터 싸워봤자 좋을 거 없고, 원만하게 잘 스쳐 지나가야죠. 다시 볼 사람도 아니고."

"아니, 그래도 그렇죠. 제가 먼저 자리 잡은 덴데."

"그딴 거 아무것도 아니에요, 살다 보면. 늘 내가 참을 때 참고, 나설 때는 나서야 되는데, 지금 파라솔 자리 갖고 싸울 일은 아닙니다. 사소한 거는 마음 쓰지 말아요. 어서 수영복 갈아입고 나와요."

탈의실에서 나오니, 연주는 검은 모노키니 수영복에 반바지를 입고 나왔다. 연주의 등에 문신이 있었다. 아기 주먹만 한 크기인데 한가운데 있었다.

뭘까 싶어 자세히 보았는데, 할머니의 얼굴이었다.

연주가 눈치를 채고 말했다.

"문신 봤어요? 마고 할망이라고 제주도 신화에 나오는 할머니 얼굴이에요."

"저는 첨 듣는 신화인데요?"

"나중에 기회 되면 말해줄게요. 지금은 샤워하고 수영을 즐기자고요."

그들은 야외 샤워장에서 샤워를 꼼꼼히 하고 수영장으로 들어갔다.

파도풀에서 유유히 물살을 따라 몸을 맡기다가, 출출해지자 편의점에서 컵라면과 소시지, 음료수도 사다 먹었다.

수경이 일광욕을 즐기다가 누군가와 시선이 마주쳤다.

"아…."

임진성이었다. 그는 꾸준히 헬스를 했는지 복근이 있었고, 늘씬했다. 그 옆에는 하얀 모노키니를 입은 여성이 그의 손을 잡고 있었다. 임진성이 다가오려는데 수경이 얼른 묵례만 하고 연주에게 갔다.

임진성이 수경에게 다가왔다. 그리고 조심스레 말했다.

"수경 님, 저 헤어졌던 여친하고 다시 시작했어요. 그때는 정말 감사했어요. 덕분에 마음도 치유되고 사람과 어떻게 친밀한 관계로 발전할 수 있는지 큰 공부가 되었어요."

수경은 아무렇지도 않은 얼굴로 미소를 보였다.

"그랬다니 다행이에요. 어서 가봐요. 기다리고 있어요, 여자친구가."

임진성은 꾸벅 인사를 하고 여친에게 갔다. 수경은 뭔가 쓸쓸한 기분이었다.

임진성은 분명 잘 치유돼서 이제는 제대로 된 연애를 하는 모양이었다. 왠지 서운한 기분이 들었다.

수경은 서운함을 떨치려 신나게 수영을 즐겼다. 해가 쨍쨍 더운 여름날, 수영을 즐기면서 하루를 잘 보냈다.

며칠 후, 무무사에 출근한 수경은 가게를 정리하고, 필름 카메라로 찍어온 풍경 사진을 스캔해서 보정하고 인화를 했다. 배운 대로 했지만 실수 연발을 하는데, 갑자기 비가 쏴아아아 내리는 소리가 났다.

수경은 가게 밖에 빼놓은 간판을 가지러 나갔다. 소나기를 두 손으로 피하면서 입간판을 들고 들어오는데, 어디서 보던 차가 저만치 서 있다. 연주가 모는 흰색 투싼이었다.

수경이 다가가려다 멈칫했다. 연주는 비오는 날 차 속에서 와이퍼를 작동시키고 핸들에 고개를 묻고 있었다. 잠시 수경은 가게 안에서 유리창으로 연주를 보았다. 연주는 고개를 들고 무표정한 얼굴로 시선을 내리고 있었다.

깊은 심연의 늪으로 빠진 듯했다. 수경이 낄 자리가 없었다.

잠시 후 연주가 가게로 들어왔다.

"아까, 나 보았죠?"

수경은 아주 조심스레 말을 걸었다.

"사장님… 대체 무슨 일로….'

연주가 언젠가 말해준다던 과거의 일은 어떤 일이고 왜 _그녀를 저리 깊은 고뇌 속으로 밀어 넣는지 궁금했다.

연주가 차분하게 말을 꺼냈다.

"내 등에 있는 문신 마고 할망은 제주도 설화에 나오는 할머니인데, 남편이 실종되고 재혼을 하게 되는 여자죠."

수경은 마고 할망을 언젠가 인터넷에서 검색해서 대충 내용을 알았다.

"마고 할망은 새 남편이 빗방울이 떨어지면서 일어나는 거품에 웃는 것을 보고 캐물었어요. 긴 이야기 끝에 재혼한 남편이 실종된 남편을 죽였다는 것을 알고 관가에 남편과 아들들을 모두 고하죠. 그리고 실종된 남편 시신을 찾아서 장례식을 치러줘요."

수경은 온몸이 얼어서 연주의 말을 듣고 있는 수밖에 없었다.

"사람을 찾고 있어요. 가족이었던 사람을. 거기까지만 말할게요."

수경은 말을 이을 수 없었다. 아주 깊은 심연의 바다, 사람 속에 들어있는 그림자를 본 것 같았다.

상장례

아무도 안 가져가는
가족사진 앨범 – 가을

아흔 살 엄마의 생신상

서용정이 무무사에 밤에 찾아와서 긴한 부탁을 한다고 톡을 주었다. 수경은 연주와 시간을 맞춰서 기다리고 있는 중이었다.

"어이구, 저 때문에 죄송해요. 퇴근도 못하시고들. 저도 가게 닫고 오느라요. 사실 정말 제 능력을 벗어나는 일이 있어서 그런데요."

서용정은 가게에 반찬 사러 오는 50대 여성이 있다고 했다. 몸이 불편한 건 아닌데 눈빛이나 행동으로 보아 건강하지는 않은 것 같다고 했다. 서용정도 남편과 헤어지고 힘든 시절이 있어서 이것저것 챙겨주다 보니 알게 된 사실인데, 그 여성이 최근에 알코올 중독 치료로 병원에서 퇴원한 지 얼마 안 됐다고 했댔다.

이름은 한미숙이라고 했다.

"글쎄, 미숙 씨가 돈 봉투 50만 원을 엊그제 턱 하니 내놓고 가지 뭐예요? 형편이 정말 어려운데도요. 자기 친정엄마가 강원도 정선 고한읍에 사는데 거기 친정 가서 생신상을 같이 차리자는 거예요. 근데 그게 다음 주 평일이라서 도저히 시간도 안 날 것 같은데 꼭 그날 같이 가자구 하고 곤란했어요. 저는 운전도 못 하고 버스 타고 같이 내려가기도 힘들 것 같구요."

수경이 서용정의 얼굴을 보니 난감한 심정이 고스란히 느껴졌다.

"사실 미숙 씨가 혼자서 가본 적은 있다는데 힘들었대요. 남편은 시간 안 된대서 꼭 혼자 가야 한다는데, 저는 힘들어서요. 사장님하고 수경 씨에게 이 돈 봉투 드리고 갈 테니 미숙 씨와 다녀오면 안 돼요? 어머니가 구순 가까이 되셔서 언제 생신상 차려드릴 수 있을지도 모른다 하네요."

서용정은 그렇게 말하고 기실은 미숙 씨라는 사람이 본 지도 얼마 안 되고, 요즘 세상이 하도 흉흉해서 내려갔다 무슨 일 당하는 건가 싶어 못 가겠다는 것이다. 하지만 두 분은 괜찮지 않을까 싶어 부탁드리러 왔다는 것이다. 수경은 불안한 마음이 슬쩍 들었다.

연주가 잠깐 생각하다 말했다.

"차를 수리 맡겼거든요. 접촉사고가 있어서요."

수경도 어제 접촉사고로 범퍼 수리를 맡긴 걸 알고 있다.

"안 되겠네요. 미숙 씨한테 돈 돌려주고 어떻게든 못 간다 해야겠어요."

서용정이 일어나려는데 연주가 말했다.

"한번 해보죠, 뭐. 수경 씨, 같이 내려갑시다. 버스 타고 다녀오면 되죠. 이 돈으로요. 재료는 거기서 조달하면 되겠죠."

서용정의 얼굴이 활짝 피었다.

"아, 그러면 저는 반찬을 드릴게요. 생신상에 올려주세요. 여기 무무사 도움을 받은 저도, 어려움에 처한 미숙 씨를 모른 척하기가 그랬어요. 그럼 두 분 얼굴 사진을 찍어서 미숙 씨한테 보낼게요. 만나서 같이 내려가세요."

수경은 이날의 부탁으로 나중에 엄청 고생할지는 몰랐다.

약속한 날, 수경은 서용정이 어제 보낸 가방에 반찬 담아준 걸 가지고 연주와 택시를 탔다. 동서울터미널에 도착했다. 고한사북버스터미널까지 버스를 타려고 어제 약속을 잡았다.

서용정은 약속을 대신 잡아주고, 미숙 씨의 전화번호를 주면서 같이 만나 내려가라고 당부했다.

아침 9시 30분 버스를 타기로 하고 기다리는데, 9시 15분이 되어도 미숙 씨가 나타나지 않았다.

"수경 씨, 전화해봐요."

"네."

수경이 전화를 걸었는데, 신호음으로 '잠깐만~' 하는 구성진 트로트 음악이 흘러나왔다.

신호음이 2분은 갔나 싶은데, 늦게 전화를 받았다.

"아, 여보세요. 한미숙 님?"

"네, 네. 맞아요."

"어디세요? 서용정 사장님 부탁으로 우리 지금 동서울터미널에서 기다려요."

"저, 저, 저 가는 중, 중이어요."

"어디신데요?"

"택, 택시 타, 타고 가요."

거기서 전화가 뚝 끊겼다. 수경은 급히 버스 타는 게이트 번호를 문자로 주고 어서 와달라고 했다.

연주가 이미 차표를 3장 사둬서 어서 미숙 씨가 오기만을 기다렸다.

9시 26분, 연주가 표를 바꾸러 매표소로 가는데, 정확하게 9시 28분에 게이트로 키가 큰 여성이 뛰어왔다.

"자, 자자, 잠깐만, 만요."

여성은 연주와 수경 사진을 받았다면서 뛰어왔다. 긴 머리에 하얀 새치가 보이는 미숙 씨는 하늘색 티셔츠에 커피 흘린 자국이 보이고, 검은 쫄바지를 입고 왔다. 등에는 앙증맞은 검은 배낭을 멨는데, 뭔가 부자연스러웠다. 머리는 양 갈래로 묶어서 그 나이대에는 어디서도 보기 힘든 스타일이었다.

미숙 씨 얼굴에는 땀이 흐르고, 부산스럽고 눈빛은 총기가 없고 흐릿했다. 미숙 씨는 두 손을 벌벌 떨면서 당황했다가 수경이 손을 잡아주자 안도했다.

"죄, 죄송해요. 늦, 늦게 일어나서 택시를 탔는데, 도로가 막혀서요."

"어서 탑시다."

"네네."

수경과 연주, 미숙 씨는 버스에 올라탔다. 4분여 시간이 지체됐다. 버스가 떠나려 하자, 수경이 얼른 기사에게 기다려달라고 다급하게 부탁한 것이었다.

차에 올라탄 미숙 씨는 잠에 빠져들고, 연주와 수경은 말없이 차창을 내다보았다.

수경은 속으로 만약 홀로 이 부탁을 들어주는 거면 절대 오지 않았을 거라는 생각을 해보았다. 지난번에 보이스피싱 범죄단에 연루될 뻔한 것처럼 만약 장기밀매나, 피라미드 판매 조직이나 오피스텔 사기 분양 등에 얽히는 일이라면 정말 큰일이 나는 것이다.

뭘 믿고 저 여자를 따라가겠느냐는 말이다. 하지만 지금은 사장님이 옆에 있어 안전하겠지 싶어 가는 것이었다.

차를 3시간 가까이 타고서, 고한사북버스터미널에 내렸다.

"여, 여기서는 택시를 타고 들어가요."

미숙 씨가 택시 정류장으로 손짓을 해서 모두 따라가서 택시를 탔다.

택시는 30분 정도 걸려서 미숙 씨 어머니가 사는 아파트에 도착했다. 지은 지 오래돼 보이는 저층 아파트였다.

미숙 씨가 집에 들어가기 전에 미역국을 끓일 재료와 반찬거리를 사자고 수경과 연주를 이끌었다.

미숙 씨가 앞장서서 간 아파트 상가 지하 슈퍼마켓 앞에서 미숙 씨는 깜짝 놀랐다.

"히익, 우리집 근처 슈퍼 문 닫았어요. 여, 여기서 미역 사야 하는데요. 고기도요."

수경과 연주는 '개인 사정으로 잠시 문 닫습니다'라고 적힌 슈퍼마켓 앞에서 난처했다.

고기와 미역을 근처에서 사서 요리하기로 했기 때문이다.

"저, 저 잘, 잘 안 될 거 같아요, 엉엉. 엄마 생신상 차리기가 이렇게 힘들 줄이야. 그래도 선생님들 오셔서 다, 다행이에요. 엉엉엉."

수경이 아이처럼 우는 미숙 씨의 손을 잡았다. 투박한 손을 꽉 잡고 달랬다.

"괜찮아요. 서 사장님이 싸주신 반찬도 있구요. 미역만 있으면 돼요."

"그, 그래요? 그럼 편의점에서 미역국 사요."

"어서 가요. 선생님."

"저, 수경 씨이. 저보다 어린 것 같지만 편하게 미숙 씨라고 불러요. 제가 자주 가는 복지관서도 그렇게 불러요."

"네. 미숙 씨."

연주는 수경과 미숙 씨가 말하는 걸 잠자코 보았다. 수경은 미숙 씨를 잘 달래서 상가 1층의 편의점으로 들어가 봉투에서 돈을 꺼내 미역국 레토르트와 케이크도 샀다.

아파트로 들어갔다. 계단으로 3층으로 이동해서, 벨을 눌렀다. 안에서 60대 정도의 체구가 작고 갈색 커트 머리의 여성이 문을 열어주었다.

"미숙 씨, 어서 와요. 어머니가 기다리고 계세요."

거실로 들어가니, 화분들이 여럿 있고, 창으로 햇살이 들어왔다. 낡은 가구와 오래된 TV 그리고 꽃과 항구 그림이 걸려 있었다.

"어, 엄마."

미숙 씨는 거실 안쪽의 방으로 뛰듯이 걸어갔다.

환자용 침대에는 듬성듬성한 하얀 머리에 얼굴도 새하얀 할머니 한 분이 누워 계셨다. 기저귀가 여럿 높게 쌓여있고, 물티슈와 가제, 환자용 소독기구 등이 침대 옆 서랍 위에 있었다.

"미숙아… 오느라 힘들었지? 어서 앉아 쉬어."

"어, 엄마! 엉엉엉. 나 왔어. 엄마 생일상 차려드리러… 왔다. 엉엉엉."

미숙 씨는 어머니의 하얀 머리를 손가락으로 쓸어내리고, 얼굴의 뺨을 어루만졌다. 어머니는 미숙 씨가 하는 양을 지긋이 보면서 눈가에 물기가 맺혔다.

문을 열어준 여성이 다가와 자신이 미숙 씨 어머니를 5년째 돌보는 요양보호사라고 했다.

"케이크는 준비했는데, 음식하고 미역국은 미숙 씨가 직접 한다고 해서 준비 안 했어요."

미숙 씨가 코로나바이러스로 2년간 생일날 못 왔다가 지금 처음으로 온 거라 했다.

"이리로 오세요. 미숙 씨가 모시고 온다는 요리사시죠?"

연주와 수경은 마주 보고 미소 지으면서 주방으로 이동했다. 연주는 미역을 불린 후, 미역과 고기를 넣고 볶았다. 그리고 물을 냄비에 넣고 가스레인지를 켰다.

서용정이 가져다준 반찬을 놓고 쌀밥과 미역국을 끓여 식탁에 놓으니 그럴듯한 생신상이 준비되었다. 요양보호사가 반찬과 밥을 쟁반에 담아 어머니가 있는 방으로 가져갔다. 수경은 케이크에 9개의 큰 촛불을 꽂아서 불을 붙여 가져갔다.

연주가 작게 노래를 불렀다. 수경도 따라 불렀다.

"생일 축하합니다~ 생일 축하합니다~ 사랑하는 어머니, 생일
축하합니다."

노래가 끝나고, 미숙 씨가 어머니 대신 촛불을 껐다.

요양보호사가 식사를 조금씩 떠서 어머니에게 드리고, 미숙
씨는 연주와 수경을 부엌 식탁에 앉히고 밥을 먹게 했다.

"두 분 선생님께 너무나 고마워요. 반찬가게 사, 사장님도 고,
고맙구요."

미숙 씨의 흐르는 눈물을 수경이 닦아주었다.

"어머니와 함께 사진 찍어 드릴게요."

"정, 정말요?"

"그럼요, 우리 무무사 사장님, 사진작가세요."

연주가 미러리스 카메라를 가방에서 빼서 미숙 씨와 어머니
의 사진 찍을 준비를 했다. 구순 생일을 맞이한 하얀 머리, 하얀
얼굴의 어머니와 미숙 씨는 무척 닮아 있었다. 사진 찍을 준비를
하다 미숙 씨가 화장실 다녀온대서 잠시 쉬기로 했다.

수경과 연주가 설거지를 나누어서 하고, 미숙 씨는 어머니와
대화를 나누러 방으로 들어가 있었다. 요양보호사가 빈 그릇을
가지고 싱크대로 다가갔다.

"사진작가님의 조카예요?"

수경이 놀랐다.

"아, 아뇨. 사진관 직원입니다. 저도 도와주러 왔어요. 반찬가

게 사장님이 오시려다 힘드셔서 저희가 대신 왔어요."

요양보호사가 수경에게 말했다.

"난 또 요리사 선생님과 일 돕는 조카인 줄 알았어요. 미숙 씨는 이혼하고 혼자 살고요. 미숙 씨 언니들은 하나는 교수고, 하나는 고등학교 선생님이시죠. 언니들이 저한테 생활비와 월급 주고, 주말마다 자매가 번갈아 와요. 막내 미숙 씨는 거의 못 오는데, 어머니 생일이면 어떻게든 오고 싶어해요. 언니들은 지난 주말에 다 다녀갔구요. 미숙 씨는 돈도 없다는데 서울서 어떻게 바리바리 싸들고 오나 몰라요. 오히려 언니들은 빈손으로 오던데. 언니들이 동생 힘들다고 오지 말라고 해도 꼭 생신 당일 오려고 노력했어요."

수경은 조용히 경청했다. 상황으로 봐서 요양보호사와 할머니가 같이 사시고, 언니들에 비해 미숙 씨는 처지가 어려운 것 같았다.

잠시 후 연주가 어머니 독사진을 찍었다. 수경은 잠자코 지켜보았다. 미숙 씨는 갑자기 배 아프다면서 화장실에 또 갔다. 어머니는 몸은 불편했지만 정신도 똑바르고 말투도 점잖고 발음이 정확했다.

"고마워요, 내 사진 잘 부탁해요. 사진작가님."

사진 촬영이 끝나자 어머니가 몸을 가까스로 일으켜 연주의 손을 잡고 당부했다.

"쟤 미숙이가 언니들은 잘 만나지도 않고 남편하고 헤어져 홀로 외롭게 산다우. 사진작가 선생님이 미숙이 좀 들여다봐 주세요. 남편 가고 제가 몸도 이렇게 불편해지고 나서 막내를 아무도 들여다보는 사람이 없네요."

어머니가 까무룩 잠드시고, 거실에서 수경은 미숙 씨 가족 앨범을 봤다. 미숙 씨 아버지가 어릴 적 찍어준 가족사진들이 가득 들어 있었다. 앙증맞은 7세 어린이 미숙 씨의 모습에 수경은 밝게 웃었다.

요양보호사가 사과를 권하면서 말했다.

"언니들이 그 앨범 둘 데 없다고 버려도 된다는데, 보다시피 어머니 기저귀 등으로 집이 꽉 찼잖아요. 미숙 씨가 가져가든가요."

"그, 그래도 돼요? 엄마한테 물어보고 가져갈래요."

미숙 씨는 친정엄마에게 가서 물었다. 잠결에 어머니가 허락하자 미숙 씨는 쇼핑백에 앨범을 담았다.

미숙 씨가 갈 준비를 하면서 제안을 했다.

"여, 여기까지 와서 만항재 안 가면 안 되죠. 거기에 가요, 이, 이제."

미숙 씨는 90도로 인사를 정중히 했다.

"정말 고마웠어요. 엄마 언, 언제 가실지 모르는데 제 손으로 생신상 차, 차려드려서요. 선생님, 수경 씨, 정말 고마워요."

미숙 씨는 가족사진이 가득 담긴 앨범을 담은 쇼핑백을 소중히 들었다. 어머니가 곤히 주무셔서 요양보호사에게 인사를 하고 집을 나섰다. 미숙 씨의 손에는 어머니가 고생했다고 쥐어 준 5만 원 지폐가 있었다.

미숙 씨는 택시를 불렀다. 머리가 송곳처럼 삐죽한 젊은 운전사가 택시를 몰고 있었다. 라이방 선글라스를 낀 그는 경쾌하게 말했다.

"고한 구경은 잘하고 터미널로 가시는 겁니까?"

미숙 씨가 5만 원을 들고 만지작거리다 입을 열었다.

"기사님. 만항재 가주세요. 아직 버스 시간 좀 있어요."

수경이 연주의 눈을 보면서, 버스 시간 놓칠까 걱정했는데 연주가 고개를 끄덕였다.

택시가 만항재에 도착했다. 산 중턱까지 차가 올라갈 수 있어, 야생화를 구경하고 숲을 잠시 거닐었다. 맥문동의 보랏빛 향연, 배롱나무의 분홍빛 물결이 이어지면서, 해바라기, 산사나무, 나팔꽃, 배초향에 이르기까지 갖가지 색과 수풀 향기 그리고 풍취에 흠뻑 젖어 들었다.

만항재에서 불어오는 시원한 바람을 맞으면서 연주, 수경과 미숙 씨는 두 팔을 벌려 잠시 쾌청한 공기를 들이마셨다.

미숙 씨가 작게 중얼거렸다.

"나는 나 자신을 찬양하고 나 자신을 노래한다네.
내게 속하는 것은 그대에게 속하는 것이라네.

나는 한가로이 지내며 내 영혼을 초대한다네.
나는 편안히 한가롭게 여름풀의 새싹을 본다네.

나의 혀, 피의 모든 것은 이 흙과 공기에서 태어났다네.
여기서 나는 부모에게서 태어났고 나의 부모는 마찬가지로
부모의 부모에게서 태어났다네.
나는 이제 서른일곱 살의 온전한 몸으로 이 시를 쓰노라."

월트 휘트먼의 〈나 자신의 노래〉라는 시라고 미숙 씨가 가르
쳐주었다. 복지관 선생님과 같이 외웠다고 했다. 말할 때는 말
을 더듬어도, 시를 외우고 또 외우니 낭송할 때는 편안하게 나
온다고 했다. 바람이 미숙 씨의 머리카락을 날리자 얼굴이 잘
보였다.

미숙 씨의 도톰한 입술과 가지런한 치아가 참 매력적이라고
여겨졌다.

느릿하고 뭐든지 힘들어하고 잘 안될거라 미리 걱정하는 미
숙 씨가 시를 읊는 그 순간만큼은 너무 매력적이고 예뻤다.

연주는 놓치지 않고 풀숲에서 야생화를 배경으로 미숙 씨의

환하게 웃는 표정을 담았다.

　송곳 머리 택시기사가 저만치서 그들을 불렀다.

　"차 시간에 늦습니다!"

　그들은 얼른 택시에 올라타서 터미널로 향했다. 아슬아슬하게 시간에 맞춰 버스에 올랐다.

　수경이 어둠이 내려앉는 차창 밖을 잠시 보다 피곤해 잠시 눈을 붙였는데, 연주가 어깨를 흔들었다.

　"다 왔어요. 수경 씨."

　미숙 씨는 터미널에서 집에 가는 버스가 있다면서 연거푸 그들에게 90도 인사를 하고 고맙다 하고 헤어졌다. 수경의 손에는 빈 보냉 백이 들려 있었다.

　밤하늘을 올려다보면서, 수경은 반짝이는 별빛이 미숙 씨의 고운 마음 같다고 여겼다.

○

무료 나눔으로 가져온
책상의 비밀

　며칠 후, 수경은 곤하게 자다가 꿈을 꾸었다. 전쟁기념관 건물 행사에 참석했다가 갇혔는데, 배낭에 보석을 가지고 다니는 청년이 초능력자들에게 쫓겨 다니는 꿈이었다. 불을 쓰는 능력자, 투시력이 있는 능력자, 앞날을 보는 능력자들이 그 청년을 찾아 다니는데, 그가 배낭에 숨긴 보석은 사실은 엄청난 무기를 만들 부품이었다.

수경은 그 청년을 감추어 주기 위해 초능력자들을 따돌리는 일을 도왔다. 수경은 한 편의 SF 영화 같은 꿈을 꾸고 일어났다.

무슨 의미일까. 게다가 그 청년은 누구지?

하지만 평소 이런 꿈을 꾸어도 별다른 일이 일어나지 않았기에 곧 잊고 그날 할 일을 적어나갔다. 오후에는 무무사에 출근하지만, 오전에는 다른 일자리를 구하려 앱으로 알아보고, 이제 정규직 회사에 취업 원서를 서서히 준비하려 했다.

그리고 줌 수업으로 영어 회화 학원과 토익 학원을 다녀 역량을 키우려 계획을 세워보았다. 무무사에서 나오는 알바비로 월세와 학원비는 빠듯하게 맞춰졌다. 이제 더 나은 생활을 위해 다른 일자리를 알아보고자 했다.

언젠가 무무사 일도 관둘 날이 오고, 회사 정규직으로 들어가든가 아니면 사진 기술을 좀 더 배워 스튜디오 직원으로 들어가는 것은 어떨지 여러 가지 사이트를 통해 알아보았다.

오후에 수경은 평소처럼 무무사에 출근해 청소를 하고, 스티커 사진 기계나 커피머신 등을 점검하고 무지개 노트를 열어보았다.

취업 고민이나 연애 고민도 많고, 결혼 고민도 있었다.

눈에 띄는 사연이 있었다.

- 저는 헬스 트레이너로 일하면서 국민체육진흥공단 공무원으로 시험 준비를 하는 중입니다. 집이 어수선해서, 중고거래 앱으로 무료 나눔에서 독서실 책상을 집에 가져왔어요. 좀 부거웠지만, 아는 선배의 트럭을 빌리고 해서 집에 실어다 놓았죠. 그런데 그 후부터 몸이 아프고 좀 그러네요. 정신도 흐트러지고 기분도 다운되고 그래서 다시 무료 나눔으로 내놓았습니다. 그런데 그 책상을 아무도 안 가져가서 지금도 집에 두고 있어요. 나무라서 버리는데 돈이 꽤 들어서 그냥 이고 지고 살고 있는데, 인터넷 어딘가 찾아보니 나무에 뭔가 안 좋은 기운이 붙어서 오면 그렇다는데, 정말 그런 일일까요? 그 독서실 책상을 여기 무무사에 가져다 드리고 싶습니다. 그게 제 소원인데 가능할지요.

사연에는 이메일 주소가 적혀있었다.

그날 저녁 출근한 연주는 독서실 책상 사연을 주의 깊게 보더니 수경에게 물었다.

"이분을 도와드릴까요?"

"저도 흥미로운 사연인 것 같아요."

"일단 만나봅시다."

연주는 이메일로 약속을 잡아서 만나자고 했다. 며칠 후, 독서실 책상 사연을 보낸 남자가 저녁에 무무사에 찾아왔다.

20대 후반 정도의 나이에 뿔테 안경을 끼고 하얀 면 티셔츠와 반바지에 조던 운동화를 신었다. 어깨는 각이 지고, 근육량이 제법 되어 보였다. 트레이너라는 이미지에 어울려 보였는데, 안경을 껴서 약간 언밸런스한 느낌이 났다.

"안녕하세요, 제가 사연을 남긴 구민우입니다."

수경과 연주는 구민우와 인사를 나누고 커피를 앞에 두고 마주 앉았다. 구민우가 이야기를 이어 나갔다.

"저, 사실… 책상을 구하게 된 계기는 아버지 49재를 마치고 나서였습니다. 아버지는 제가 사회체육학과를 졸업하고 스포츠지도사 자격증을 따거나 체육진흥공단에 지원해 공무원이 되기를 바라셨어요."

수경은 고개를 끄덕였다. 수경의 부모님과 마음이 다르지 않았다. 안정적인 직업을 원하는 부모님 마음은 어디나 같은 것 같았다.

"아버지가 위암으로 오래 투병하셔서 엄청 마르시고, 안색도 안 좋으셨는데 저한테 그렇게 간곡히 부탁하시곤 했죠."

구민우는 과거를 돌이켜보았다. 6개월 전에 돌아가신 아버지를 떠올렸다. 투병 생활을 3년을 하시고 어머니가 간병을 하셨다. 잦은 구토와 복통 그리고 식사를 거의 하시지 못하고 콧줄로 드셨다. 나중에는 물 한 모금 못 드셨고, 항생제와 항암치료에 고통스러워하셨다. 중환자실에 계실 때 아버지의 고통에 겨운 얼굴이 잊히지 않았다. 강력한 진통제를 투여해 겨우겨우 잠이 드셨다.

"아버지가 꿈에 나타나기도 했고, 저도 트레이너로서는 수입이 일정치 않아서 이제 안정적인 직업을 같이 병행하면서 트레이너 일을 해야겠다고 마음을 먹었죠. 트레이너는 관리받는 회원 수가 떨어지면 수입이 확 줄거든요. 그래서 독서실 책상을 구입하려 했는데, 생각보다 비싸서 앱에서 중고를 알아봤는데, 어떤 분이 새 책상을 그냥 무료 나눔으로 주신다는 거예요. 집에서 공간을 너무 많이 차지한다고 내놓았더라구요."

구민우가 보여주는 앱에는 독서실 책상을 거래한 흔적이 있었다.

"그런데 그 책상을 사용한 뒤로 몸도 아프고 심리적으로 자꾸 힘들고 공부하다 보면 누가 밖에서 나를 문틈으로 들여다보는 건가 너무 무서운 생각도 들어서요. 귀신 같은 게 붙어온 걸까요?"

연주는 구민우를 보며 뭔가 고민하다 입을 열었다.

"집이 이 근처세요?"

"네. 한 정거장 정도요. 제가 트럭을 다시 빌려 여기다 실어다 드릴 수 있어요."

"고민 좀 해봅시다. 사실 무무사 사진관에 둘 데가 마땅치 않거든요."

수경도 자신의 집을 떠올려보았다. 구민우가 보여준 사진 속 책상은 화이트 톤에 노트북 거치대와 스탠드 그리고 책장이 잘 짜여 있지만, 딱 봐도 높이는 2미터 정도 되어 보이는데, 자신의 방에 그걸 두면 잘 때 구민우처럼 헛것 보기 딱 좋겠다 싶었다.

탐은 났지만 집에 둘 수는 없었다.

"수경 씨 집도 두기 힘들죠?"

연주가 속마음을 들여다본 것 같았다. 수경은 고개를 저었다.

"안 될 것 같아요."

"저희가 그럼 그 책상을 무무사에 두는 대신에 귀신이 붙었다거나 꺼림칙한 일이 없다는 걸 증명해 보이면 될까요?"

구민우가 고민을 잠시 하다 고개를 끄덕였다.

"좋습니다. 정말 그런 어려운 부탁을 드려도 될지요."

"네. 일단 그 중고물품 거래 앱을 보여주세요. 상대방의 아이디나 연락처가 나오지 않나요?"

"그게 저… 그 사람이 계정을 삭제하고 사라져서 저도 책상을 다시 돌려주고 싶어도 방법이 없었어요. 전화번호 없이 메시지로 시간과 장소를 받았거든요."

수경이 대화에 끼어들었다.

"이상하네요. 분명히 그 책상을 실으러 그 집에 가시지 않았나요?"

구민우가 고개를 저었다.

"요괴에 홀린 것 같아요. 약속 장소가 라미 아파트 놀이터였구요. 시간이 돼서 가보니 미끄럼틀 옆으로 구석에 독서실 책상만 덩그러니 있더라구요. 그냥 트럭에 싣고 왔죠."

연주가 혼잣말하듯 말했다.

"쉽지는 않겠네요…."

구민우가 체념했다.

"그냥 폐기물 전문 업체에 비용을 내고 버리고, 책상을 하나 새 거로 살까 봐요."

"정말 필요한 거라면 일단은 저희가 자초지종을 알아볼게요. 그때까지는 괜찮으시겠죠?"

"네. 카페에서 공부하면 되죠. 그 책상 안에 들어가 문 꽉 닫고 할 때, 기분이 묘했으니까요. 자꾸 누군가 문틈으로 들여다보는 그런 느낌? 무서웠어요."

연주가 일어섰다.

"댁이 이 근처니까, 저희가 잠깐 그 책상 보고 와도 될까요? 집 공개가 부담스러우시면 괜찮고요."

"아, 아닙니다. 가시죠."

그들은 구민우가 모는 아반떼에 올라타서, 한 정거장 거리의 빌라에 도착했다.

빌라 복도는 어두컴컴했는데, 구민우가 집에 들어서자마자 등을 켰다.

"죄송해요, 복도와 현관 센서 등이 고장나서요. 들어오시죠. 1층이라 볕이 잘 안 들어요."

자그마한 거실과 방 2개 빌라인데, 방 하나에는 침대와 책상이 다른 방에는 옷들과 헬스 기구 등이 있었다. 문제의 독서실 책상은 거실 구석에 있었다.

수경도 예전에 살까 말까 고민하던 것으로 슬라이딩 도어가 달려있어 외부와 완벽한 차단이 가능한 것이고 방음도 잘되는 거였다.

슬라이딩 도어를 열어보니 전등과 책장, 그리고 주황색 의자가 놓여 있었다.

"책도 다 빼서 침실로 옮겼어요. 공부보다는 무서운 생각이 들어서요. 오래된 가구에 뭐 부정 탄 게 있지 않을까요?"

수경은 핸드폰으로 책상의 요모조모를 사진 찍었다.

수경이 책상 뒤로 돌아가서 몸을 낮추어 이것저것 살피다 놀랐다.

"어! 뭔가 끼어 있어요!"

구민우가 다가와 책상을 벽에서 떼어 놓으면서 말했다.

"아차, 제가 맨 위에 올려둔 펭수 인형을 떨어뜨렸거든요. 빼야겠다."

구민우가 책상과 벽 틈을 넓게 벌려서 인형을 줍는데, 수경이 책상 아래 끝단에 묻은 핏자국을 발견했다.

"히익! 앗, 이게 뭐죠?"

"네?"

연주가 다가와 핸드폰으로 사진을 찍어서 확대해 보았다. 아무리 보아도 피 같았다.

"어이구, 가져올 때는 놀이터가 어두컴컴했고, 오자마자 여기 뒷부분을 벽에 거의 붙여놓다시피 해서 몰랐거든요."

수경이 혼잣말로 중얼거렸다,

"정말, 사연이 있는 건가?"

"네? 뭐라구요?"

"아, 아니에요. 일단 사진으로 저도 남겨볼게요. 어? 여기 스티커 사진이 있어요."

구민우가 연주와 다가와 살폈다. 연주는 책상 뒤에 붙인 스티커 사진을 클로즈업해 찍은 후 확대해 보았다. 긴 머리의 여자가 친구들과 웃는 사진이었다.

"젊은 여자분이네요. 혹시 계정은 삭제했어도 아이디 같은 건 생각 안 나나요?"

수경이 묻자, 구민우는 놀라서 말했다.

"맞다! 블랙핑크 팬이라서 핑코스프레 뭐 이런 얘기 우연히 나왔던 것 같아요. 핑코스프레 1206이 아이디였어요."

"찾아볼게요."

수경은 중고거래 앱과 구글이나 네이버 등에서 아이디를 검색했다. 검색된 문서가 나왔지만, 이렇다 할 게 없었다.

연주는 '1205', '1207' 등을 검색했다.

"사장님, 저는 앞자리 수를 높여볼게요."

수경이 외쳤다.

"아, 나오네요. 핑코스프레 1216이네요."

"그런가요? 착각했네요."

구민우는 연주가 보여주는 포스팅을 보고 손가락으로 가리켰다.

"맞습니다! 맞아요! 이 벽지 이게 거래 앱의 사진 속 책상 뒤 벽지와 동일해요."

핑코스프레 1216 아이디의 블로거는 나뭇잎이 그려진 벽지 앞에 화장대를 두고 화장품을 바르는 시연을 하면서 간접 홍보를 하고 있었다.

"이분에게 제가 쪽지를 보낼게요."

수경은 거래 앱에서 독서실 책상을 판 일로 상의드릴 게 있다고 만날 수 있는지 쪽지를 보내고, 연락처를 남겼다.

구민우는 일단 집으로 돌아갔다. 이틀 후 연락이 쪽지로 왔다.

핑코스프레 1216은 너무 불쾌하다고 안 만나다고 했지만, 수경은 거듭 간곡하게 부탁을 했다.

그날 밤, 수경이 남긴 전화번호로 전화가 걸려왔다.

"여보세요."

"저, 제가 쪽지 받은 사람인데요."

"아! 핑코 님!"

"허, 잘 아시네요, 제 친구들 그렇게 불러요. 블로그 아이디로 찾아오셨죠? 그나저나 저 왜 만나야 해요? 그 책상 가져가신 분이세요? 남자분 같던데, 느낌에는."

수경이 폰을 붙들고 다급히 사정을 했다.

"부탁드려요. 구민우 님이라고 우리 무무사 사진관 무지개 노트에 사연을 적고 가신 분이에요."

수경은 간략히 전후 사정을 말하고, 책상에 대한 것만 물어보려 한다고 제발 나와달라고 했다.

상대방이 고민했다.

"그럼 어디서 만나요? 개인 집 같은 데는 싫어요. 카페 같은 데서 봐요."

"저기 무무사라고 사진관 있는데, 무인 사진관이요."

"어? 거기 주황색으로 포인트 인테리어 된 데 맞죠? 알 것 같아요. 그리로 갈게요. 전철역 근처 있는 거 맞죠?"

"네! 꼭 와주세요, 부탁드려요."

수경은 전화를 끊고 구민우에게 연락했다.

"구민우 님, 연락 왔어요. 책상 무료로 나눔하신 분 온대요. 내일 사진관에 저녁 6시예요."

구민우는 한숨을 쉬었다.

"저, 그럼 내일 뵈러 갈게요."

"꼭 오세요."

"걱정 마세요. 저도 그 책상 문제 해결되면 날아갈 것 같습니다. 반드시 갑니다."

다음 날 저녁에 무무사에 20대 여성이 들어섰다.

"저기요, 여기가 혹시 무지개 무인 사진관…."

"아! 중고거래 앱에서 오신 분인가요?"

"네. 핑코입니다."

이때 무무사 문을 열고 구민우가 들어섰다.

"제가 독서실 책상 가져간 사람입니다. 혹시 책상 주신 분 맞으세요?"

"네. 맞기는 한데, 정말 무슨 일이세요? 이렇게 귀찮게 하고요."

구민우는 그간의 일들을 이야기했다.

"에헤, 말도 안 돼요!"

여성은 분홍빛으로 젤 네일을 바른 긴 손톱으로 얼굴에 붙은 머리카락을 떼었다. 큐빅 등 인조보석을 붙인 손톱이 화려해 보였다.

"뭐 제가 죽기라도 한 건가요? 죽은 사람이 쓰던 물건 절대 아

172

니어요! 책상 사용자 분이 몸이 불편한 이유는 저도 모르죠. 전혀요. 그냥 시험 준비하다가 정말 물려서 도저히 못 하겠다 싶어서 취직해서 내놓은 건데요. 그러니 걱정 마시고 그냥 쓰세요."

구민우가 의아하다는 듯 물었다.

"그런데 왜, 제가 가져갈 때 나와보시지도 않았죠? 그리고 책상은 얼마 기간 동안 쓴 거죠? 새 상품이었나요?"

"그럼요, 책상 사서 석 달인가 쓰다가 시험 힘들어 관두고 취직했어요. 그리고 그날따라 집안 행사가 있어서 경비 아저씨랑 책상 옮겨다 주고 간 거지 별거 없어요."

수경이 고개를 갸우뚱하면서 물었다.

"그럼 앱은 왜 탈퇴하신 거죠?"

"그건 쓸데없는 데 돈 안 쓰려고 일단 계정 없앤 거구요. 뭐 취직하니까 새로운 기분으로 나중에 다른 아이디로 새 계정 만들긴 했어요."

여성은 앱을 열어 다른 아이디를 보여주었다.

"책상이 문제가 아니라 본인 심리적인 거 뭐 그런 거 아닐까요? 책상은 이미 제가 드린 거니, 알아서 처분해주세요."

여성은 그렇게 말하고 카페를 나가려는데 수경이 잡았다.

"피는 뭐죠? 책상 뒤쪽 아래에 있던데요."

수경이 물었다.

"그거는 제가 책상 밑에 뭘 떨어뜨려서 손 넣어서 빼려다 손가락이 철제 경첩에 베인 거예요."

"그걸 미리 말씀 안 하면 어떡합니까?"

구민우가 화를 내자 여성이 뒤로 물러났다.

"까먹었어요. 대체 뭐가 문제예요? 이렇게 설명해 드려도 부족한가요?

수경이 구민우를 달래고 나서, 여성과 저만치 테이블에 앉아서 이야기를 나누었다.

여성은 고개를 저었다.

"그냥 집도 좁고 집에서 독립해 이사를 나가려 해서 무료 나눔으로 드린 거죠. 아무런 그런 것 없어요. 모두 미신인 것 같은데, 게다가 저는 새 제품 신상으로 산 거라구요. 공부를 포기해서 내놓고 간 거긴 하지만."

수경이 고개를 끄덕였다.

"잘 알겠어요. 그럼 저희가 알아서 처분할게요. 방법이 있겠죠."

여성이 가고 나서 연주가 무무사에 도착했다. 수경은 여성과 나눈 대화를 요약해 설명했다. 구민우는 납득이 가지 않는다는 얼굴이었다.

연주는 잠시 생각하고 호흡을 고른 다음, 주황색 할로겐 등이 비추는 테이블에서 구민우에게 간곡히 물었다.

"혹시 아버님 돌아가시고 나서 다른 이상한 점은 없었나요?"

"저, 사실… 위암으로 오래 투병하셔서 엄청 마르시고, 안색도 안 좋으셨는데 거울을 볼 때마다 제 얼굴에 아버지의 얼굴이 겹쳐 보였어요."

구민우는 아버지가 엄청난 고통 속에 암 투병을 하신 걸 떠올렸다.

"그리고 돌아가시고 나서 방에서 아버지 영이 나타나는 것 같아 무서워 잠에 들지 못한 적도 있었어요…. 그래서 독서실 책상 안에서 공부하면 밤에 그런 두려운 마음이 없어질까 해서 산 거였죠."

연주는 고개를 끄덕였다.

"가까운 가족이 돌아가시면, 애도의 기간을 겪게 된다고 해요. 심리학 용어죠. 슬픔이라는 감정으로 나타나기도 하지만, 공포나 두려움 혹은 엉뚱한 행동을 하거나 경거망동을 하기도 한다고 합니다. 심리학자들은 유족들이 애도의 기간을 겪는 거라고 보고, 일정 기간이 지나면 그 행동들이나 심리가 사라진다고 합니다."

구민우는 갑자기 고개를 숙였다.

"쿡… 아… 아버지…. 사실은… 돌아가시기 전에 많이 찾아뵙지 못했어요…. 무서웠거든요. 저도 암에 걸릴까봐서요…."

구민우는 고개를 숙이고 울음을 참다 기어이 눈물을 흘렸다.

수경은 구민우의 등을 토닥거렸다.

구민우는 그렇게 한참을 울다가 나중에 연락드린다고 하고 돌아갔다.

수경이 이후에 생각나서 연락했는데, 신기하게 다시는 이상한 현상 없이 시험 준비를 잘하고 있다고 했다.

여느 때처럼 무무사에 출근한 수경은 청소를 하다 잠시 시간을 내서 아빠에게 전화를 드렸다.

"아빠?"

"수경아, 웬일이야? 오랜만에 전화를 다 하고."

"그, 그냥요. 건강하시죠?"

"그럼, 네가 지난 번 알바비로 보내준 양배추즙을 먹어 그런가 속이 편해."

"위염 조심하셔야 돼요."

"그럼, 누가 걱정을 해주는데. 너야말로 혼자 사는데 건강 챙기고 거기 사장님한테도 내가 보낸 고구마 반절 가져다 드려."

"알았어요."

수경은 전화를 끊고 촬영 소품을 정리하고 바닥을 쓸고 커피 머신에 원두를 채웠다.

그렇게 또 한 명의 손님이 소원을 이루었다. 수경은 오늘도 내일도 무무사 무지개 노트에 어떤 사연을 가진 손님이 올까 궁금해하면서 가게를 정리하고 퇴근했다.

제사

무무사 주인장이
간직한 비밀 – 겨울

마르코 베이커리 주인과 알바생

무무사 옆에는 원래 임대가 안 나간 가게가 있었는데 이 주 전부터 가게에 화이트 톤의 인테리어 공사를 했고, 간판에 '마르 코 베이커리'라고 적혔었는데 오늘 오전에 오픈했다. 간판에는 알록달록한 깃털을 지닌 앵무새가 그려져 있었다.

수경은 오후에 무무사로 출근하면서 마르코 베이커리 창을 들여다보았다.

에스프레소 3,000원, 아메리카노 3,000원 등의 커피 메뉴와 함께 앙버터 바게트, 고르곤졸라, 각종 샌드위치와 마카롱 등의 베이커리가 진열돼 있었다.

가게 한쪽에 주황색 조명등이 돋보였는데 층층이 나무들이 배치돼 있고, 안에서 불빛이 은은하게 흘러나왔다. 열린 문으로 피아노 음악이 흘러나왔다.

수경은 들어가려다 손님이 없어 그냥 지나치려는데, 한 남자와 눈이 마주쳤다.

무척 선하게 생긴 눈의 키 큰 남자가 앞치마를 두르고 빵을 진열하고 있었다.

수경은 머쓱해 그냥 마르코 베이커리를 지나쳐 무무사로 들어갔다.

10분 정도 지났나 무무사를 청소하는데 한 남자가 들어왔다. 방금 전 마르코 빵집 남자였다.

남자는 흰 셔츠에 앞치마를 두른 채로 손에는 시루떡을 정갈하게 접시에 담아 들어왔다.

"안녕하세요, 옆 마르코 빵집에서 일하는 알바생입니다. 개업식 떡 가져왔어요."

수경이 떡을 받고는 고개를 저었다.

"전 알바생인데, 사장님 이따 출근하세요. 오늘 외부 일로 나가셨거든요."

"그러시군요. 저는 여긴 무인이라 아무도 안 올 줄 알았어요. 다른 데 개업 떡 다 돌렸는데, 여기만 사람이 없어서 못 돌렸죠."

남자의 이름은 홍진기. 수경과 나이가 25세로 같았다.

"우리 빵집에 종종 오세요. 아까 그냥 지나쳐 가시던데 저희 사장님은 이탈리아 제빵 유학을 다녀오셔서 손맛이 예술입니다."

"아, 네. 그럴게요. 참 간판에 앵무새가 그려져 있던데요."

"아하, 사장님이 앵무새를 좋아하세요. 사장님 목소리가 꿀인데 얼마나 멋진데요."

수경은 무무사 사무실에서 사진 파일을 보정하다가, 마르코 빵집이 궁금해 저녁거리도 살 겸 가보았다. 10미터도 안 되는 거리에 커피와 빵을 판다니 무척 다행이었다. 그간 배고파도 편의점이 꽤 떨어져 있어 굶기 일쑤였다. 커피야 무무사에도 있지만 다른 커피도 마셔보고 싶다.

홍진기가 손님을 응대하다가 수경을 보고 미소를 지었다. 수경이 빵을 골라보는데, 한 중년 남성이 다가와 안내를 했다.

"올리브가 들어간 치아바타입니다. 우리 밀과 천일염으로 만들었고, 버터와 치즈를 넣지 않아 비건이신 분께 권해드리죠."

수경은 남자를 보았다. 호리호리한 체구에 단정한 이목구비, 매너가 배인 몸짓이 멋지게 보였다. 남자의 가슴에 파티시에 김현호라고 영문으로 적혀있었다.

"여기 파티시에입니다. 무무사에서 일하시죠? 아까 지나치다 봤어요. 우리 직원 말로는 벌써 인사했다던데요."

"안녕하세요, 저는 현수경이라고 합니다. 무무사 알바에서 이제는 직원으로 조금 승격했어요. 사진도 배우고 있습니다."

수경이 꾸벅 인사하자, 김현호는 치아바타와 크루아상과 커피

등을 싸주었다.

"아니 이거 다 먹기 힘들어요."

"개업식 떡으로는 부족합니다. 앞으로 우리 가게 많이 와서 팔아도 주시고 우리 가게 사진도 찍어주세요. 빵집 안에 사진 찍어 포스팅하려구요."

수경은 활짝 웃었다.

"정말요? 그럴 기회가 있다면 제가 미러리스로 아주 잘 찍어드릴게요."

"알겠습니다. 비용 제대로 드리고 부탁할게요."

김현호의 목소리는 정말 꿀이었다. 동굴에서 울리는 저음의 목소리가 경쾌하고 낭랑하게 들렸다. 홍진기가 다가와 빵을 전시하면서 김현호에게 말했다.

"사장님, 벌써 무무사 직원하고 인사하신 거예요? 어때요? 제가 말한 대로 괜찮은 분 같죠?"

수경은 볼에 홍조를 띠었다.

김현호는 제빵실로 들어갔고, 수경이 몸을 돌려 빵을 구경하는데, 홍진기가 슬쩍 수경에게 주의를 주었다.

"조심해요! 이 조명등이 프랭크 로이드 라이트래요."

"네?"

수경은 나무 단으로 층층이 만들어진 조명등을 유심히 보았다. 먼젓번에 가게를 들여다보았을 때 참 아름답고 독특하다고 여긴 조명이었다.

"프랭크 로이드 라이트는 미국의 유명한 건축가인데, 그 재단의 허락을 받아서 만든 탈리에신 조명등이랍니다. 가격이 후덜덜해요."

"진짜요?"

홍진기가 조명을 검색하자, 월급에 해당되는 가격이 떴다.

"와! 정말 이 가격이에요?"

"헤헤, 그래도 제빵실 기계가 더 명품이랍니다. 유럽에서 수입한 화덕도 있고 그래요."

"진기 님, 혹시 건축 전공했어요?"

"네. 하지만 지금은 제빵 공부해보려구요."

"멋져요."

"수경 씨가 더 멋진걸요. 조만간 알바 끝나면 무무사에 종종 들를게요."

"네, 오세요. 사진 찍는 법, 보정하는 법 배운 만큼 가르쳐 드릴 자신 있어요. 빵이나 케이크 예쁘게 사진 찍는 기술 가르쳐 드릴게요."

"그래요! 조만간 방문할게요."

수경은 홍진기와 즐거운 대화를 마치고 빵을 몇 개 구입해서 나왔다.

비가 오는 날이었다. 아침부터 쌀쌀한 바람이 불었다. 수경은 동네 토성에 올라가서 풍경 사진을 찍었다. 백제시대부터 있었던 토성은 잔디가 파릇하게 돋아 늘 마음을 편안하게 했다.

토성에서 다리를 건너면 한강 둔치에 갈 수 있었다. 출근까지는 시간이 제법 있어 둔치로 천천히 향했다.

올림픽대로를 가로지르는 다리에 올라서면 아래로는 차들이 쌩쌩 다니고, 다리에 바람이 걸리는 소음이 제법 거셌다.

우비를 입고 있어 우산은 필요 없지만 비가 얼굴을 적셨다.

가끔은 무무사 출근하기 전에 비가 오면, 마음이 감상에 젖기도 했다.

오늘이 그랬다. 비도 오고, 풍광 사진을 찍으러 나섰지만 마음은 찬바람처럼 서늘했다.

수경은 남자친구가 생기면 가고 싶은 데이트 코스가 있었다.

코인노래방에 가서 노래도 열창하고, 만화카페도 가서 만화도 실컷 보고 라면도 먹고, 보드게임 카페를 가서 할리갈리도 해보고, 인스타그램 감성 카페에 가서 사진도 열심히 찍는다.

그리고 같이 헬스클럽 가서 운동도 하고, 인생 네 컷 스티커 사진도 찍고, 놀이동산에 가서 롤러코스터도 타고, 피시방에 가서 롤 게임도 하며, 팝콘 먹으면서 영화도 같이 본다. 대망의 데이트 코스는 제주도에 가서 곶자왈을 산책하는 것이다.

이 모든 걸 연인과 같이 해보고 싶었다. 하지만 아직 버킷리스트를 변변히 해본 게 거의 없었다.

나의 20대는 왜 이런담. 인스타그램을 보면 너무도 화려한 카페와 각종 페스티벌, 맛집, 콘서트, 명품과 스포츠카, 해외여행이 가득하다. 같은 20대인데도 말이다.

나만 빼고 다들 멋진 삶을 사는 것 같았다.

물론 안다. 무무사를 찾는 사람들처럼 그들의 겉만 보고는 그 속을 모른다.

하지만 지금은 괜하게 속이 불편했다.

산책해서 해결 안 될 문제는 없다는데.

둔치에 도착해 수경은 미러리스 카메라로 사진을 찍었다. 파노라마 사진으로 둔치와 검푸른 하늘과 비바람을 넓게 잡아 광각렌즈로 촬영했다. 촬영모드를 설정하고 조리개를 설정하고, 피사체인 풍경에 초점을 맞추면서 머릿속으로 구도를 잡았다.

둔치의 흘러넘치는 물들이 쏴쏴 하는 게 장관이었다. 빗발이 거셌다.

수경은 둔치로 가까이 접근했다. 이대로 한강물에 빠져도 좋다.

예쁘다. 아름답다. 풍광을 담는다.

눈에 담는다. 마음에 담는다.

그리고 사진으로 영구히 보존한다.

찰칵찰칵찰칵.

수경은 연속으로 사진을 찍고 나서 숨을 참았다.

찰칵! 멋진 풍경을 잡아냈다.

검푸른 하늘, 흐르는 물, 빗발 그리고 풀숲.

이때 위아래 붉은 옷을 입고 머리를 길게 푼 여자가 둔치를 춤추듯 걸어오는 걸 보았다.

수경은 그 여자와 마주쳐 지나갔다. 걱정돼 뒤돌아보았지만, 붉은 옷 여자는 미끄러실 듯 안 미끄러져서 저만치 풀숲으로 올라섰다. 수경은 카메라를 정리하며 우비를 여미고 무무사로 향했다. 이제 다리를 건너 전철역을 지나쳐 골목길을 지나가서 무무사에 출근해야 한다.

무무사에 도착한 수경은 우비를 벗고 탈탈 털어서 물기를 손수건으로 닦았다. 카메라 장비를 정리하고, 컴퓨터에 파일을 옮겼다.

그리고 무무사를 정리하고 무지개 노트를 살피고, 원두 배달된 것을 뜯어서 커피머신에 채워넣었다. 쓰레기를 정리하고, 바닥을 쓸고 재활용 쓰레기를 분리해놓았다.

어느 정도 정리를 끝내는데, 스티커 사진기에서 한 여성이 나왔다.

"어? 무인 사진관 사장님이세요?"

외국인 여성이었다. 갈색의 머리에 하얀색의 니트 원피스를 입고 있었다. 스니커즈를 신었는데, 양말에 레이스가 달려 앙증

맞아 보였다.

"저는 직원입니다. 저의 이름은 현수경입니다. 안녕하세요?"

여성은 웃으면서 말했다.

"제 이름은 나디아입니다. 태국 사람입니다. 남편 따라 한국에 왔어요."

"나디아 님, 반가워요."

"여기 사진관에서 사진 찍는 게 취미예요. 여러 군데 무인 사진관 다니다 여기로 정착하려구요.

수경이 밝게 웃었다.

"이거 드세요."

수경은 마르코 베이커리에 들러 사 온 빵을 건넸다.

"이웃 가게 마르코 베이커리 빵입니다."

"고마워요. 저도 우리 아이 몽몽이가 좋아해서 빵 잘 사먹어요."

"몽몽이? 아기가 몇 살이에요?"

"호호, 빵 살입니다. 배 속에 있어요."

나디아는 치마로 가려진 배를 쓰다듬었다.

"임신하셨어요?"

"네. 8개월입니다. 만삭에나 티가 나지, 요즘은 8개월도 옷만 잘 입으면 몰라요."

"축하드려요!"

수경이 밝게 웃으면서 빵을 더 권했다.

"한국말을 참 잘하세요. 발음도 정확하고요."

"한국말을 잘하게 된 데는 남편의 역할도 컸어요. 방콕에 있는 대학교 한국어 수업에서 만났어요. 남편이 선생님이고 저는 수업을 돕는 조교였죠. 연애하다 결혼하게 돼서 한국에 들어왔지만 친구가 없어 외로웠어요."

수경이 고개를 갸웃했다.

"남편분 퇴근하시고 같이 마트 가거나 영화 보시면 되지 않을까요?"

"남편이 영업직이라 지방에 많이 다녀서 집에 저 혼자 있어 외로울 때도 있죠. 영상 전화도 많이 하지만요."

"제가 사진관에서 저녁에 근무하거든요. 오시면 친구 되어드릴게요."

"그럴까요?"

수경은 의자를 문지방에 두고서 전등이 나간 걸 갈려고 올라가는데, 나디아가 웃으면서 말했다.

"후후, 태국에서는 문지방에 임산부가 앉으면 난산한다고 믿어요."

"진짜요? 한국에서는 문지방을 발로 밟으면 엄마한테 등짝 스매싱 당했어요. 복 나간다고요."

나디아가 웃었다.

"문화가 다르죠. 한국에서는 산후에 미역국을 먹지만, 우리나라에서는 야돔이라는 허브로 우린 물을 마셔요. 그게 자궁 수축과 조혈에 좋다고 엄마들이 그랬어요. 여기서는 구하기 힘들지만 미역국이 있으니까. 미역국 먹으려 준비 중입니다. 호호."

수경이 전등을 갈고 나서 나디아의 손을 잡았다.

"전 결혼도 안했지만 나디아 님이 얼마나 힘든지 알 것 같아요. 만삭이라 똑바로 자기도 불편할 거 같아요."

"그거 맞아요. 똑바로 누우면 숨을 쉴 수가 없어요. 배가 눌려서요. 호호."

수경은 고개를 끄덕였다.

"음식도 다르고 엄마도 보고 싶을 테고."

나디아가 눈물을 슬쩍 보였다.

"고마워요. 왜 어린 사람이 이렇게 친절해요? 아직 서른도 안된 것 같은데요?"

"여기 무무사 사장님이 사연을 남긴 손님들 돕는 거 보고 저도 달라졌어요. 예전에는 제가 가장 가난하고 힘든 청년 같았는데, 저보다 힘든 사람들도 있고요. 저보다 생활이 여유로워도 마음이 힘든 분도 계시거든요. 사장님과 사연을 남긴 분들을 돕고 그분들이 환경을 개선하고, 새로운 생활을 긍정적으로 하시는 걸 보고 저도 많이 변했답니다."

나디아는 고개를 끄덕였다.

"태국에서는 친구들과 즐겁게 살았어요. 그런데 한국 와서 남편이 지방에 출장을 자주 가고, 태국 친구들도 다들 멀리 살고 외로웠어요."

수경은 나디아의 손을 꼭 잡았다.

"혹시, 병원에 진료 보시거나, 출산하러 가실 때 도움이 필요하면 말씀해주세요. 제가 도와드릴게요."

"여기서 근무하잖아요? 시간을 어떻게 빼요?"

"낮에는 괜찮아요. 그리고 급하면 사장님도 이해해주실 거예요. 걱정 마세요."

나디아가 눈물을 보였다.

"고마워요."

"출산은 소중하고 기쁜 일이잖아요. 울지 마세요. 웃으세요."

"네, 몽몽이가 세상에 나오는 건 기쁜 일이죠. 웃을게요, 고마워요."

슬슬 초겨울이다. 수경은 핼러윈데이용으로 장식했던 호박 소품과 유령 얼굴 모양 풍선을 모두 정리했다. 그리고 소품 가게에 가서 연주가 부탁한 크리스마스트리와 소품을 알아보는 중이다.

소품을 한가득 사서 무무사로 출근했다. 차가운 바람이 수경의 베이지색 반코트 안으로 슬슬 비집고 들어왔다. 수경은 무무사에 들어서자마자 놀라서 소품이 든 가방을 털썩 바닥에 내려놓았다.

"수, 수경 씨, 저 좀 도와주세요."

나디아가 몸을 숙이고 고통스러워하면서 의자에 기대듯이 앉아 있었다. 나디아의 레이스가 달린 하얀 원피스에 물이 묻어 있었다.

"어떻게 된 거예요? 나디아 님. 몽몽이 어머니, 정신 차리세요."

"남편은 천안에 있는데, 갑자기 집에서 양수가 터져서 택시를 잡으려 하는데… 호출이 안 돼요. 그래서… 여기까지 나왔는데 택시가 없어요. 3주 후가 예정일인데…."

"잠깐 여기 기대고 앉아 보세요."

"눕고 싶어요…."

나디아는 의자에 놓인 담요를 바닥에 깔고 드러누웠다. 수경은 애가 탔다. 택시 호출을 했지만 근처에 택시가 없고, 고급 택시는 예약해야 했다. 달려 나가서 대로에 가도 택시가 없었다.

수경이 발을 동동 구르면서 마구 빠르게 걷는데, 마르코 베이커리에서 홍진기가 나와 말을 걸었다.

"수경 씨, 무슨 일인데 이렇게 발을 동동 굴러요?"

"큰일 났어요. 무무사 손님이 아기가 나올 것 같아요."

"아기요?"

"네! 임산부세요."

"사장님이 차가 있어요. 물어볼게요!"

홍진기는 얼른 가게로 들어갔다 잠시 후 나왔다. 김현호가 차

키를 들고 따라 나왔다. 그는 니트 위에 제빵사 앞치마를 두르고 있었다.

"수경 씨, 일단 차를 움직여 무무사로 가져갈 테니, 산모분을 도와 진기와 함께 내 차에 태울 준비를 해요."

"네! 알겠습니다."

홍진기와 수경은 동시에 대답하고, 무무사로 달려갔다.

나디아가 숨을 학학 대면서 거칠게 내쉬고 있었다. 바닥에 양수가 흥건하게 나와 있었다.

수경과 홍진기는 나디아를 양옆에서 부축해 가게 밖으로 천천히 한 걸음씩 내디뎠다.

"몽몽이 어머니, 차가 밖에 왔어요. 어느 병원으로 가셔야 하나요?"

"건우대학병원이요."

"아, 거기 다니세요?"

"네…. 부탁드려요."

"어서 갑시다."

홍진기가 나디아를 조심스레 업었다.

김현호가 운전하는 SUV 차량이 무무사 앞에 서 있었다. 김현호가 내려서 차량 문을 열었다.

홍진기는 나디아를 뒷좌석에 눕게 해주었다. 수경은 들고 온 담요를 나디아에게 덮어주었다.

"고, 고맙습니다…."

홍진기와 수경도 차에 올라탔다.

병원 응급실에 도착해, 나디아는 치료를 받다가 입원실에 올라갔다. 1시간이 지나서, 덩치가 크고 양복을 입은 남자가 헐레벌떡 입원실로 들어왔다.

"나디아! 나디아! 몽몽이 엄마!"

수경이 일어나 다가갔다.

"몽몽이 아버님?"

"네. 제가 몽몽이 아빠예요. 아내는 어디에…."

"입원하셨다가 지금 출산실 들어가셨어요. 어서 간호사 데스크로 가보세요."

"네, 알겠습니다."

그날 나디아는 건강한 아들을 출산했다. 조산으로 아기는 인큐베이터에 들어갔지만, 시일을 두고 지켜보다가 이상 없으면 퇴원이라고 했다.

수경은 출산을 마치고 나온 나디아의 손을 잡았다. 나디아는 고맙다면서 눈물을 보였다.

수경은 나디아 부부와 함께 태어난 아기를 유리 너머로 보았다. 곤하게 자는 아기 얼굴이 무척 평온하게 보였다.

3개월 후, 나디아의 아들 백일잔치를 앞두고 나디아와 남편이 고맙다면서 무무사에 음식을 들고 왔다. 연락을 받은 홍진기와 김현호도 왔다.

연주와 수경은 테이블을 연결해 음식을 차렸다.

"제가 태국 음식을 만들어 왔어요. 이건 솜땀 그러니까 파파야 샐러드, 그리고 치킨 코코넛 수프, 이건 카레입니다."

수경이 눈이 커져 외쳤다.

"이 음식들은 팟타이, 카오 팟이죠. 태국 국수하고 볶음밥 먹어본 적 있어요."

"맞아요, 어서 앉으세요. 우리 몽몽이 아니지, 이제는 무무랍니다."

"무무?"

수경이 물었다.

"네. 무무사에서 도움 주셔서 무무라고 이름 지었어요. 무무가 건강하게 태어나게 도움 주신 여러분들 정말 고맙습니다."

나디아가 무무를 안고 눈물을 보이자, 남편은 웃으면서 김현호에게 말했다.

"양수로 적신 카시트 세탁하시라고 이거 준비해 왔습니다."

김현호는 남편이 내민 봉투를 안 받으려 했다. 하지만 끝내 고맙다며 내밀자 김현호는 쑥스러워하면서 받았다.

연주가 사무실에서 와인을 꺼내왔다. 수경은 커피와 콜라를 내왔다.

"운전 안 하시는 분들은 와인 한 잔씩 드셔도 되죠? 다들 무무가 건강하게 자라길 기원하면서 건배해요."

"건배!"

여기저기서 건배 소리가 나오고, 잔을 부딪친 후 다들 식사를 즐겁게 했다.

김현호는 연주와 정식으로 인사하면서 자영업자로서 도움이 되는 말들과 궁금한 점을 이야기 나누었다.

다음 날, 출근한 수경은 연주와 마주쳤다.

"수경 씨, 오늘은 나와 같이 나가요. 그게 업무입니다. 운전은 할 줄 알죠?"

"운전이요? 아직은 어려운데요."

"수경 씨, 운전해본 적은 있어요?"

"음, 운전면허증 있고 해본 적 있어요. 국회의원 보좌관 밑에서 인턴으로 일할 때 해봤는데 사고 날 뻔해서 다신 안 해요."

다른 직원들이 술을 마셔서 대신 운전하다 가로수를 박을 뻔했고, 어찌어찌 간신히 사고는 면했으나, 그들은 다시는 수경에게 운전을 시키지 않았다. 잘됐다 싶었다. 운전을 안 해도 되니 살 것 같았다.

"사장님, 저는 차도 없는데요. 갈 데도 없구요."

"그래도 나와 같이 사진 출사 나가려면 배우는 게 좋을 텐데.

앞으로 언젠가, 지난번 나디아 씨 병원에 데려다줄 것 같은 위급한 일 생긴다면 하는 게 좋겠죠. 내 차가 운전자가 누구든 보험이 되는 차니까, 내 차로 배웁시다. 나가요."

연주는 무무사 건물 주차장으로 이동해 차를 가지고 나왔다.

"일단 올라타요."

연주는 수경이 운전면허증을 들고 다니는지 묻고 조수석에 얼른 타라고 했다. 수경은 신분증으로 운전면허증을 들고 다녔다.

연주는 차를 하남쪽으로 몰아서 집과 건물이 드문드문 있는 한적한 마을로 이동했다. 넓은 공터에 차를 대고, 운전석으로 수경을 앉게 하고 연주는 조수석에 앉았다.

한참을 연주가 가르쳐서 수경이 직진, 후진과 주차를 연습했다.

"이제 나가볼까요?"

"도로로요?"

"네. 해본 적 있다면서요. 여기 도로 한적하니까 괜찮아요."

"알겠습니다! 이것도 직원 업무라면 당연히 해야죠."

수경은 긴장된 채 운전 연수를 받았지만, 점차 도로에서 긴장이 풀리면서 주욱 달려보았다. 연주가 창문을 조금 열었다.

시원한 바람이 머리를 날렸다.

"정말 재미있어요! 사장님."

"그래요. 그렇게 조금씩 운전에 익숙해지다보면, 오히려 예전에는 어떻게 살았나 할 겁니다."

한적한 도로를 달리면서, 수경은 콧노래를 불렀다.

누군가 인생을 친절하게 가르쳐준다면 누가 사는 걸 두려워
할까.

젖은 낙엽 같은 남자

- 사장님, 저는 이 동네 사는 은퇴한 60세 되는 남자입니다. 아
  내가 황혼 이혼을 요구하고 있습니다. 아이들은 모두 타지에
  서 대학원을 다니거나 직장을 다니고 있구요. 아내는 둘이서
  지내는 집이 답답하다고 밖에 나가 혼자서 살고 싶답니다. 제
  가 공무원으로 일해서 연금이 나오는데 그걸 반으로 갈라달라
  하고요. 하아, 집은 월세를 구하겠답니다.

  아내는 제가 매사 집에서 화를 내고 살림에 간섭하고, 밥을 안
  차리고 나가면 전화를 계속하고 화를 낸다고 뭐라 하더군요.

  아니, 과거에 제가 30년 동안 생활비 벌어서 댄 것을 싹 다 잊
  고 이렇게 가장으로서 권위는커녕 길에 나뒹구는 낙엽처럼 여
  깁니다. 어떻게 알음알음 동네 사람한테 듣고 왔는데, 사진을
  찍고 아내와 계속 살고 싶은 소원을 이루고 싶습니다. 연락을

주십시오.

수경은 무지개 노트를 들고, 저녁에 무무사에 나온 연주에게
보여주었다.

"사장님, 이번에는 어르신이 글을 남기셨는데요?"

연주는 고개를 끄덕이면서 미소를 보였다.

"도와드릴까요?"

"네. 그래요."

다음 날, 오후에 글을 남긴 남자가 무무사에 들어왔다. 하얀
머리에 작은 눈, 사각 테 안경, 네모진 턱 그리고 처진 입매가 고
집이 세 보이는 느낌을 주었다.

"안녕하십니까. 글을 남긴 이정호라고 합니다. 이건 과거에 쓰
던 명함이 남아서요."

남자가 건넨 명함에는 구청 세무과장이라는 직함이 적혀있
었다.

미색 체크무늬 셔츠에 회색 재킷과 정장 바지를 입은 그는 서
류가방을 들고 있었다.

연주가 물었다.

"어디 다녀오시나 봐요?"

"그건 아니고. 동네 사람들 보기에 일 없어 보일까봐 들고 왔
습니다."

이정호는 수경이 내민 커피를 입에 털어 넣듯이 재빨리 마셨다.

"안 뜨거우세요, 어르신?"

"에구, 나 젊어요. 무슨 어르신. 이 과장님이라 불러요."

"네. 과장님."

수경은 직장 상사 대하듯 모셔야겠다는 생각이 들었다. 연주가 조심스레 입을 뗐다.

"이 과장님, 저희가 소원을 들어준다는 건 사실은 그냥 이야기가 부풀려진 거고, 어려움에 처한 분들이 고민을 해결하도록 도움을 드린 겁니다. 어찌 됐든 여기까지 오셨으니, 사진 찍기 전에 사연을 더 말씀해주세요."

이정호는 시선을 잠시 위로 두었다 아래로 두고는 주머니에서 체크무늬 손수건을 빼서 이마에 난 땀을 닦으며 입을 열었다.

"여기 오기까지 많은 일들을 해보았죠. 아내가 이혼을 입에 담고 나서, 내가 구립도서관 가서 인터넷으로 황혼 이혼을 검색해보니까, 일본엔 아예 은퇴남편증후군(RHS: Retired Husband Syndrome) 용어가 있답니다. 아내들이 은퇴한 남편들이 집에 있어 우울증, 불면증, 위염을 앓는 증세래요. 우리나라에서는 삼식이, 일본에는 젖은 낙엽처럼 잘 안 쓸린다고 젖은 낙엽족이라고 한다네요."

수경은 웃음이 터져 나오려 했지만 입술을 깨물어 참았다.

"신기한 거는 RHS를 한글모드로 치면, '꼰'이라는 음절이 나온답니다. 내가 꼰대가 된 거겠죠. 사사건건 나의 간섭이 싫다네요. 내가 함부로 옷 같은데 돈 쓰는 아내 타박하면, 방으로 들어가 문 닫고 나와보지도 않고. 아내가 문화센터 나가거나, 백화점 알바할 때 전화하는 걸 질색하고 그럽디다."

연주가 조심히 물었다.

"아내분이 일하러 나가거나, 볼일 보러 나가면 전화 받기 힘드시지 않을까요?"

"그건 알죠. 저도 구청 다닐 때 아내가 전화하면 뭐라고 혼내기도 했으니까요."

수경은 그럼 그렇지, 하는 얼굴로 슬쩍 고개를 끄덕이다 이정호가 보자 얼른 무안한 얼굴로 보았다.

"후우, 누군 안 힘든 줄 아는지 원. 나도 TV나 유튜브 보다 급한 일 있어 전화한 거란 말이죠."

"급한 일은 구체적으로 어떤 일이었습니까?"

연주는 미러리스 카메라를 세팅하면서 질문했다.

"지난 주말에 일하러 나가기 전에 사골국을 해놨다기에 그 냄비 찾는 일로 전화를 했습니다. 아니 근데, 그게 인스턴트 사골국인 레토르트 그걸 사놓은 거지 뭡니까? 여편네가 정말 정신이 나갔는가."

"그러니까, 정성들여 끓인 줄 아셨는데, 반전이 있으니 화가 나신 거겠죠?"

"그렇죠, 암. 무무사 사장님이 내 맘을 아주 제대로 이해해주
십니다. 고맙습니다. 세무 관련 상담할 일은 제가 성심성의껏 도
와드릴게요."

연주가 제안을 했다.

"선생님, 지역에 일할 만한 곳은 없을까요? 이정호 선생님이
나가 계시면 일이 해결되지 않을까요?"

이정호가 허탈하게 웃었다.

"과장님 대신 선생님 호칭이 더 자연스러울 나이입죠."

"아, 이정호 과장님."

"그냥 선생님으로 부르세요. 사실 이제 세무 관련 일은 모두
젊은 사람들이 하고 있고, 나이 든 세무사들도 이름만 올려놓고
직원들이 일해요."

연주는 이정호에게 질문하면서 답을 요구하고 카메라를 세팅
했다. 그리고 자연스러운 분위기를 만들어 사진을 찍었다.

찰칵찰칵 셔터 소리가 간간이 났다.

이정호가 촬영하는 연주를 보면서 허심탄회하게 말했다.

"사실 말입죠. 이게 영정 사진이 되지 않을까 하는 마음도 들
어요."

수경은 앗, 하고 놀랐다. 영정 사진이라, 아직은 생각해보지
않은 일이었다.

"부모님이 다 돌아가셨는데, 두 분 다 영정 사진 찾느라 고생했죠. 특히 아버지는 오래 앓으셔서 젊었을 때 찍었던 사진을 썼는데 친척 어르신들이 혼내셨어요. 제대로 준비 못 했다고요. 그러니 영정 사진을 찍어두는 게 맞겠죠. 매년은 그렇고 5년마다 찍으면 좋을 것 같습니다."

연주가 담담히 물으면서 셔터를 눌렀다.

"찍으셨나요?"

"아뇨. 최근에 사진 찍는 건 이게 처음이죠. 잘 부탁드립니다."

연주는 수경의 도움을 받아 이정호의 사진을 정성스럽게 찍었다.

□

무무사 사장님이 산에서
찾아 헤매는 것은

비가 부슬부슬 내렸다.

연주는 장화와 삽 등을 무무사 창고에서 꺼내서 트렁크에 실었다.

과거를 돌아보았다. 사진기자로 일할 때는 신입 시절에 운동화를 신고 농촌 취재를 가서 미끄러진 적이 있었다. 온몸은 진흙

투성이가 되었다. 그다음부터는 동대문에 가서 윈드브레이커와 등산복과 등산화를 구입하고, 비가 올 때 취재를 위해서 슬리퍼와 장화와 방수가 되는 고어텍스 점퍼를 사서 회사 캐비닛에 비치해두었다.

야전에 나가는 군인처럼 준비를 철저히 했다.

오늘도 연호동에서 가까운 산에 올라가서 살필 예정이었다. 연주는 등산복을 갖춰 입고 등산화를 신고 운전석에 올랐다.

산에 올라 마구잡이로 파헤치는 것은 안 되지만, 조심스럽게 모종삽으로 산을 판다.

흙이 파헤쳐졌다가 다시 복개된 땅이 있는지 아니면 뭔가 땅에서 튀어나온 것은 없는지 살필 예정이다.

차가 출발하려는데, 그 앞을 수경이 가로막았다.

"사장님, 저도 출사하려는데 태워다 주세요."

"수경 씨….

수경이 조수석에 올랐다.

"어디까지 가는데요?"

수경은 가벼운 운동용 점퍼를 입고, 등산화를 신고 있었다.

"사실 요새 무무사 청소하다가 바닥에 진흙이 있기에 누가 등산갔다 들렀나 싶었는데, 카메라 돌려보니 사장님이 등산 다녀오시는 걸 확인하고, 저도 따라가서 제철 꽃과 나무, 수풀을 찍어보고 싶어서 오전에 왔어요. 저도 알바한 돈으로 미러리스 중

202

고로 장만했어요."

수경은 어깨에 멘 카메라 가방을 보여주었다.

연주는 입을 다물었다. 어색한 침묵이 흘렀다.

잠시 후, 연주가 모는 차는 어느새 외곽순환도로로 접어들었다. 연주가 켜둔 라디오에서 조용한 발라드 음악이 흘러나왔다.

비는 그쳤다. 연주는 와이퍼를 멈추었다.

수경이 등산을 따라가서 사진을 찍고자 한 것은 아니다.

궁금했다.

연주의 과거의 비밀, 그리고 상처와 아픔이 궁금했다. 그 속에 들어가 보고 싶었다.

"궁금해서 따라오는 거죠? 내 분위기 봐서 알겠지만, 좋은 일은 아닙니다."

연주는 그렇게만 말했다.

차는 빠르게 도로를 질주했다.

수경이 조심스럽게 말했다.

"그래도 슬픈 일은 나누면 힘이 됩니다."

연주는 고개를 슬며시 저었다.

"아니, 사람들이 날 피하게 되는 이유가 되기도 하죠. 모두 TV나 유튜브에서 보는 사건들은 호기심을 가지고 시청하지만, 그게 내 가족의 사건, 이웃의 혹은 지인의 사건이 되면 불편해지는 겁니다. 모두 불행은 저 멀리 놔두고 자기는 뒤에서 궁금해 들여다보는 그런 걸 편하게 여기는 거죠."

수경은 입을 다물었다. 궁금증과 걱정에 따라왔지만, 그게 만약에 불법적인 일이거나 너무나 감당하기 힘든 일일 때는 지금처럼 어쩌면 사장과 직원의 관계가 나을지 몰랐다.

"제안할게요. 내비게이션 보니까 10킬로만 가면 전철역이 나오네요. 거기로 가줄 테니 거기서 내리거나, 아니면 따라오되 이유는 묻지 말고 지켜보기만 해요."

"사장님, 지켜보기만 할게요. 믿어주세요."

"알았어요, 수경 씨."

차는 외곽순환도로를 쭉 달려서, 천마산에 도착했다. 주차장에 차를 세우고, 연주는 트렁크를 열어서 작은 삽 두 개를 꺼냈고 스틱을 수경에게 건넸다. 등산용 가방에 생수와 초콜릿 등도 챙겨 넣었다.

"따라와요, 힘들지 몰라요."

수경은 연주의 뒤를 스틱 하나를 들고 따랐다. 논과 밭을 지나서 산길로 접어들었다. 쉼 없이 산에 올랐다. 나무들이 우거진 산속은 고요했다. 새소리, 풀벌레 소리가 간간이 들렸다. 곧 강추위가 몰아닥칠 산은 고즈넉하고, 아늑했다. 몸을 바싹 낮춘 듯 보였다.

수경은 쉼 없이 오르다 지쳐서 스틱을 손에 바투 쥐고 올랐다. 헉헉 숨 내쉬는 소리가 들렸는지 연주가 돌아보았다.

"바위에 앉았다 가죠."

생수를 마시는데 연주가 초콜릿을 건넸다. 시원한 바람이 이마에 송골송골 맺힌 땀을 날렸다.

"아, 쾌청해요."

수경은 입을 막고 연주의 눈치를 살폈다. 안 좋은 일이라는데 함부로 말해서는 안 될 것 같았다.

연주는 폰으로 음악을 틀었다. 정동원의 〈가리워진 길〉이 흘러나왔다.

"산에서는 혼자 음악을 들으니까 이어폰 안 써도 돼요. 가끔 혼자 산 타는 게 너무 무서우면 음악이 마음을 안정시켜 주기도 하구요. 궁금하죠? 왜 산을 타는지."

수경은 고개를 저었다.

만약에 안 지 얼마 안 된 사람이 이렇게 산에 이유 없이 데리고 오면 '혹시 나 장기밀매 당하는 거 아냐? 납치되는 거나 죽는 거 아냐?' 하고 걱정하겠지만, 지금은 연주와 어려움에 처한 이웃들을 도우면서 그녀의 진심이 뭔지 알 수 있었다.

다른 사람을 걱정하고 도우려는 마음이 있었다. 수경도 그걸 배워 나가는 중이었다.

자신도 무무사에서 일하기 전에는 마음 둘 데 없고 무척 힘들었다. 비단 돈만의 문제가 아니라, 부모님은 떨어져 계시는데 친구들도 다 취직하거나 처지가 다르고 만나기 어려우니 속마음

털어놓을 데가 없었다. 문 닫고 사는 이웃들은 어떻게 사는지 알 수도 없고, 모르는 사람을 만나 친분을 쌓는 건 더더군다나 불가능했다.

그런데 무무사를 통해 이웃이나 손님들의 사는 모습을 들여다보고, 그들에게 도움을 주고 나아지는 모습을 보면서 보람을 느꼈다.

이제는 자신이 도울 수 있다면 사장님에게 도움이 되는 직원이 되고 싶었다.

"자, 어서 오르죠."

연주가 앞장을 섰다. 수경의 눈에 연주는 무작정 산을 오른다기보다는 모종삽으로 여기저기 흙을 슬슬 건드려보면서 유심히 살피기도 하는 게 들어왔다.

흙이 새 흙으로 된 부분이 있으면 더 살폈다. 그리고 흙에 뭔가 박혀 있으면 그것도 살펴보았다.

뭔가 묻힌 것을 캐는 것이다.

'산삼인가?'

수경은 혹시 산삼을 캐서 돈벌이로 삼고, 무무사는 취미로 운영하는 건지 궁금했다.

산 정상에 오르고 수경과 연주는 앉아서 산 아래 마을과 저 멀리 보이는 도시를 내려다보았다.

"이 산은 제가 아는 사람이 자주 오르던 산이라 와봤어요."

"그럼 추억 때문에 오신 건가요?"

"그럴지도 모르지만, 그래도 살펴보려 온 거겠지요."

"살피다, 그럼 뭔가 찾으러 오신 건가요?"

"수경 씨, 오늘은 이만 하죠. 어서 내려갑시다. 어두워지면 내려가는 게 힘들어요."

겨울에 접어들어 해가 짧아져서 어느덧 어둠이 수풀 속에 소금씩 드리웠다.

수경과 연주는 산을 내려와 차에 올랐다. 연주는 말없이 운전해서 무무사로 향했다. 무무사에 내려, 연주는 등산 장비를 정리하고 수경은 무무사 안에 들어가 청소를 한 후 커피머신을 살피고 커피 원두나 우유 등의 재료를 채워 넣었다.

연주는 안쪽의 감춰진 사무실로 들어가 사진 작업을 했고, 수경은 벽에 붙은 수많은 스티커 사진을 정리해 앨범 속에 넣어 정리했다.

오래된 스티커 사진 등 고객이 붙이고 간 사진은 앨범에 정리해 한곳에 보관했다. 수경은 무지개 노트를 읽으면서 사연을 들여다보았다.

이정호가 남긴 사연에 아내와 같이 올 예정이라고 적혀있었다.

수경은 이정호에게 메일을 보내 언제 올 건지 약속을 잡아보았다. 그리고 컴퓨터를 열어서, 연주가 지난번에 찍은 행사 사진 파일을 정리하고, 자판기의 매출을 확인하고 카드 전표를 장부에 입력했다.

이로써 오늘의 일은 끝났다. 수경은 마지막으로 건물 안의 화장실에 들러 퇴근 준비를 마쳤다.

그때까지도 연주는 무무사 가게로 나와보지 않았다. 수경은 가방을 챙겨서 조용히 퇴근했다.

며칠 후 이정호가 아내와 무무사를 약속한 시간에 방문했다. 처음에 부부는 쳐다도 안 보고, 불편한 얼굴로 앉아 있었다. 사실 따로 왔는데, 아내가 30분 정도 늦게 왔다. 이정호는 아내 쪽을 쳐다도 안 보았다. 아내도 불편한지 가방을 끌어안고 나가기만을 기다리는 듯 보였다.

수경은 슬그머니 다즐링 홍차를 내릴 준비를 했다. 감미로운 향이 무무사를 감싸면 불편한 마음도 어느 정도는 누그러진다. 이정호가 어렵게 입을 뗐다.

"솔직히 아내에 대해 미안한 마음도 있지만, 저도 할 말은 있죠."

"그러시군요. 어차피 저는 상담가는 아니지만 말을 들을 순 있습니다. 무무사에서 털고 가세요. 구체적으로 말씀해보세요."

이정호가 연주의 말에 한숨을 작게 쉬고는 이어 나갔다.

"이 사람은 쇼핑 중독입니다. 무슨 대화를 나누려고 해도 하루 종일 검색을 하고 있어요. 홈쇼핑을 보거나요. 아내는 필요 없는 물건을 파는 홈쇼핑을 거실에서 보는데, 내가 말 걸면 모른 척

합니다. 나는 방에서 다른 거 보고 거실로 나오지 말래요."

"각방을 쓰시는 거죠?"

"네. 부끄럽지만, 10년 됐습니다."

연주는 고개를 끄덕였다.

"나쁘지 않습니다. 사람은 7세만 되어도 자기만의 방을 원하는데, 결혼했다고 같이 방을 쓰느라 코 고는 문제나, 수면 습관으로 고생하는 부부가 많죠."

아내 손미영이 말했다.

"쇼핑은 정말 필요한 거 사는 거예요. 청소도구나 세제 같은 거요."

이정호가 버럭 했다.

"무슨. 티셔츠 같은 것도 10장 세트로 사는데, 안 입는 게 태반이더이다!"

연주가 기분을 다운시키라고, 손으로 이정호에게 제스처를 취했다. 이정호가 화를 억눌렀다.

"손미영 선생님, 저도 과거에 아픈 상처로 트라우마를 겪어서 쇼핑 중독에 빠진 적이 있었어요. 검색을 여러 시간 하다가 물건을 고르고 산 다음에 집으로 배송되기까지 무척 두근거려요. 그렇지만 상품을 확인하고는 그 흥분이나 기분이 가라앉아요. 그때는 반품을 시키거나, 아니면 어딘가에 박아두죠."

손미영이 연주를 보고 반색했다.

"어? 저도 비슷한 감정을 느낀 적 있어요, 사장님."

이정호가 목소리를 높였다.

"정확하게 일치합니다. 아내가 그 짓으로 하루를 보내고, 그러면서 나를 무시하고 말도 안 하고 밖에 나가면 전화도 안 받습니다. 나는 아내 택배 받아주는 사람에 불과한 거라구요!"

"이정호 선생님, 진정하세요, 부탁드립니다. 목소리를 높인다고 해결이 되지 않아요."

이번에는 손미영이 격앙되어 소리 질렀다.

"내가 밖에 나가면 사사건건 쫓아다니고 아주 사람 죽게 만들어요! 한 달 전인가 친구들하고 노래방 가서 댄스곡 부른 영상을 시댁 식구들에게 보내면서 도 닦으러 절 다닌다는 사람이 이래도 되나 욕을 하고 난리도 아니었다구요! 얼마나 망신 당했는지 알아요?"

이정호도 지지 않았다.

"맞는 말 아닙니까? 세상 고상한 척하면서 친구들과 그러고 노니까요. 그러려고 불당 모임 다니나 싶습니다, 원. 무슨 법문 공부입니까? 바람 안 나나 잘 감시해야지."

"그래서 그렇게 몰래 노래방까지 쫓아와 비집고 들어와 영상을 찍냐?"

이정호도 지지 않았다.

"그래! 그래서 그랬다, 왜?"

수경이 정말 의아해 물었다.

"어떻게 아신 거예요?"

"미행한 겁니다."

손미영이 지긋지긋하다는 투로 말했다.

"위치추적 서비스 앱을 하도 초대장 보내서 차단했더니, 이제는 직접 미행을 해요."

연주가 한숨을 잠시 쉬었다.

"이정호 선생님도 사회생활을 하셔야 합니다."

"그거야, 친구들하고 동업한다 해도 저 여편네가 말리니, 원! 저도 사기당할까 두려워 아무 데나 가서 덥석 취직할 수도 없구요."

연주가 강직하게 말했다.

"퇴직금으로 사업을 하셔서 버시는 거보다는 생활비를 아껴서 사시는 게 좋겠고, 무엇보다 지역사회에 손 선생님은 자리가 있는데 이정호 선생님은 자리가 없으니 더 집착하고 부정적 생각에 빠져드는 겁니다. 오가와 유리 작가의 《은퇴 남편 유쾌하게 길들이기》 책에 나와 있는 은퇴 남편 관리법 15조 중 하나입니다."

이정호가 셔츠 주머니에서 작은 수첩과 볼펜을 빼서 메모했다.

"그런 책이 있다니 한번 사서 읽어보죠. 이 사람도 보여주고요."

연주는 고개를 끄덕였다.

"좋은 사인입니다. 서로 이해해가는 단계가 절실하죠."

손미영도 화를 억누르고, 커피머신으로 가서 애플망고 아이스티를 뽑고, 필름 카메라 자판기를 보고 환하게 웃었다.

"어? 우리 어릴 적 찍던 일회용 아날로그 카메라잖아요. 대학교 다닐 때 이거 들고 사진 많이 찍고 그랬어요."

수경이 가서 설명했다.

"브랜드별로 사진의 느낌이 다른데요. 이거 코닥 펀세이버는 인화해보면, 노란빛을 띠는 사진이 아날로그 감성이고 블루 색감도 파스텔처럼 잘 나와요. 후지 퀵스냅은 어두운 곳에서 찍으면 녹색 색감이 나오는데, 푸근해 보이죠."

수경은 속으로 이제 여기 정직원 다 됐다는 생각이 들었다.

'직원이 뭔가. 임원이다!'

손미영은 관심을 가지면서 이것저것 물어보고, 필름 카메라도 구매하고, 여기 사진관을 무인으로 운영하려면 필요한 경비나 프랜차이즈 비용이나, 원가나 월세 등을 물어보았다.

수경은 아는 만큼 성심껏 설명을 해주었다. 모르는 것은 연주가 부연 설명했다.

잠시 시간이 흐르고, 이정호도 가게 안을 둘러보면서 이것저것 살펴보았다.

"저도 요즘 무인 상점이 많아지니 관심도 생깁디다. 그래도 매출이 나오기는 힘들지만 인건비가 줄고 괜하게 사장이 손님 상대하다가 골치 아프거나 마음의 상처 입을 일도 없을 것 같은데,

무무사 사장님은 왜 무인 가게를 여셨는지 솔직히 그 심경이 궁금합니다."

연주가 어두워진 밖을 보면서 차분하게 말했다.

"저도 여기서 이 사진관을 하는 이유가 있습니다. 누구에게나 과거가 현재에 영향을 주는 것은 사실이죠."

수경은 깜짝 놀란 눈으로 연주를 보았다. 연주가 자신의 과거를 이야기하는 것은 처음 있는 일이다. 누군가의 과거 비밀을 엿듣는 것만큼 신비로운 일이 있을까.

"전 정확하게 10년 전 서른다섯일 때 결혼한 지 5년이 된 남편이 실종되었습니다."

수경은 정말로 숨이 턱 막혔다.

"자정 넘어서 남편 친구에게서 전화가 왔어요. 그 전화를 받고 급한 일이 있어 나갔던 남편은 다시 돌아오지 않았어요. 그리고 저는 남편의 실종에 용의자가 되어서 수사를 받은 적도 있었어요."

연주는 과거를 돌이켜 보았다.

"연주 씨, 승현이 바꿔주세요. 친구 아버지가 돌아가셔서 문상을 가야 합니다."

연주는 자신의 이름을 부른 전화기 상대방 남자가 누군지 몰랐다. 다만 사진 작업을 하다가 급하게 집 전화기가 울려서 받았고, 문상을 가야 한다는 말에 남편을 급하게 깨웠다.

친구가 차를 가져오기로 했다면서 남편은 차를 두고 갔다. 그가 검은 양복으로 갈아입고 나간 뒷모습이 마지막이었다.

그리고 남편 핸드폰이 연결되지 않고 꺼졌다는 음성이 흘러나온 지 이틀 후 연주는 경찰서로 찾아갔다. 남편의 직장에도 아무런 연락 없이 결근이 계속되었다.

수사가 시작되고, 실종 전단지를 시댁 식구들과 돌렸지만, 아무 데서도 흔적이 없었다.

카드를 사용한 흔적도, 핸드폰 사용 흔적도 없었다.

다만, 이곳 연호동에서 남편의 핸드폰이 마지막으로 사용되었다. 그리고 실종된 지 9년 후, 연주는 한 통의 전화를 받았다.

"연주 씨, 승현이는 연호동에 잘 있으니 걱정 마시고 이제 그만 찾으시죠, 더 찾으러 나서면 영원히 못 찾게 되는 수가 있습니다. 잘 있으니 걱정은 안 해도 됩니다."

연주는 그 말에 등골이 서늘했다. 방송사 시사프로에서 피디가 찾아와 전격적으로 프로그램을 만들고 실종사건을 전국에 방송하자고 했었고, 그 관련 예고가 나간 후 걸려온 전화였다.

이번에도 연주는 경찰에 전화가 온 것을 신고했지만 연호동 공중전화에서 걸렸다는 것만 알아냈을 뿐, 더 이상 단서가 없었다.

연주는 방송사 피디에게 연락해서 정말 죄송하지만 프로그램 만드는 데 협조를 못 하겠다고 했다. 그리고 이곳 연호동으로 집도 옮기고 사진관을 열어서 이곳에서 일을 하면서 연호동 곳곳의 공중전화나 남편이 있을 만한 흔적을 캐는 중이었다.

그간 수없이 연주를 괴롭혀 온 가설들이 지금도 하나하나 머릿속 어딘가에서 그녀를 괴롭혔다. 남편이 살해됐을까, 교통사고가 나서 기억상실증에 걸렸을까, 아니면 혹시 전화 건 상대방은 남편의 애인이었고 남편이 동성연애자임을 숨기고 결혼한 것일까.

실종됐을 당시 남편의 직업은 은행원이었고, 연주는 지역 신문사에서 사진기자로 일했었다.

연주는 혹시 남편이 일 관련 원한을 산 적이 있는지 형사들에게 물어보았지만 일반적 대출업무를 했을 뿐 그런 일은 없다고 했다. 연주도 사진기자로 일하면서 뭔가 잘못을 했는지 되짚어 봤지만 뾰족하게 걸리는 것은 없었다. 시댁 식구에게도 남편의 과거 여자 문제라든지, 돈 문제를 물었지만 이상한 것은 없었다. 남편은 혹시 누군가에게 납치되었는지도 혹은 사이비 종교 같은 데 끌려갔는지도 모른다. 하지만 모두 연주의 상상이다. 추정이고 가설이다. 형사들 이야기에서 단서를 잡아서 혹은 다른 누군가의 실종된 케이스를 듣고 발전시킨 것이다.

아직도 진실은 모른다.

대체 남편은 왜 실종되었고, 두 번 걸려온 전화, 낮고 조곤조곤한 목소리와 억양을 가진, 그 남자는 누구인가.

그 남자의 목소리는 아직도 연주의 귓가에 아른거린다. 녹음할 기회를 놓쳤다. 하지만 기억할 수 있었다.

낮은 목소리. 그리고 조곤조곤 말하는 억양이 없는 목소리.

그 남자의 목소리를 알아차릴 수 있다. 연호동에서 그 남자를 만난다면.

연주의 긴 이야기가 끝나고 무무사에는 정적이 감돌았다. 연주는 무지개 노트의 겉장을 쓰다듬었다.

어쩌면 흥미로운 이야기를 들려줄 누군가를, 비밀을 알고 있는 누군가를 기다리면서 이 노트를 매일 같이 열어보았는지도 모른다.

무무사 밖에 비가 추적추적 내렸다. 이정호와 손미영은 숙연한 얼굴로 테이블 가운데 주황색 전등갓을 보았다.

수경은 연주에게 홍차를 우려서 따라주었다. 다즐링 홍차 향이 무무사를 감돌았다.

"전, 그래서 이곳에서 사진관을 하고 있습니다. 그리고 남편의 실종 이후 무너진 마음을 다잡기 위해 심리상담도 많이 받았습니다. 제가 자격은 안 되지만, 두 선생님의 마음은 들어드릴 수 있어요. 때로는 이야기를 들어주는 것만으로도 위로가 됩니다. 손미영 선생님 과거 부부 사이가 어땠는지 말씀해주세요."

누군가의 진실은 다른 사람이 스스로 진실을 터놓게 만든다.

손미영이 떨리는 목소리로 차츰 말했다.

"전, 사정이 있어 중학교밖에 못 나왔어요. 여고를 다니다 부모님이 아프셔서 관두고 부모님을 돌보다가 나중에 직장에 다니게 되었죠. 친척 어른 소개로 이이를 만나서 결혼했어요. 남편은 결혼 생활 내내 육아나 가사 일에 일일이 참견하고 항상 제가 뭘 못 한다 타박했죠.

남편은, '당신이 잘못이야, 네가 뭘 알아?'가 입에 붙었어요. 시어머니도 제가 배움이 모자라서 남편보다 못한 처지라고 누누이 말씀하셨고요. 남편의 참견과 훈계가 싫었고 제가 창피했어요. 아이들 공부가 잘되지 않으면 제 탓인가 싶기도 했구요. 이제 아이들도 대학을 다 나왔고, 하나는 직장 다녀요. 재작년에 어머니 돌아가시고 나서부터 저도 제 목소리를 내기 시작했어요."

손미영이 홍차를 마시면서 이야기를 쉬었다.

"이정호 선생님, 아내분이 이렇게 무시당하는 걸 괴로워 한 걸 알고 계셨어요?"

이정호가 입을 열었다.

"몰랐습니다. 입을 꿍 다물고 사는데 어떻게 알아요? 왜 말 좀 하지 그랬어"

"이러니, 내 이러니 말을 안 하지. 응? 당신이야말로 애들 공부할 때 자세히 알아보고 가르쳐준 거나 있어요?"

이정호가 뭐라고 되받아치려다 입술을 꽉 깨물었다.

손미영이 목소리를 높였다.

"그래서 되갚느라 나도 그랬어요. 나가서 밥 차리기 힘들어 알아서 먹으라 잔소리했고, 배달 음식이 와도 저는 남편의 수저가 닿은 음식은 손대지 않고 그대로 냉장고로 넣었어요."

이정호가 화를 버럭 냈다.

"그것뿐이야? 대소변 보는 것도 혐오했고, 샤워를 안 한다고 모멸감을 주었고, 삼식이, 식충이라고 매일 같이 벌레 보듯이 했잖아!"

연주가 가운데 나서서 중재했다.

"이 선생님, 객관적 타인을 보듯 부부간에도 예절을 지켜야 합니다. 여기서만이라도 존댓말을 써주세요. 수경 씨와 저도 있으니까요. 그리고 손 선생님 이야기를 좀 더 들어봅시다."

이정호는 화를 가라앉히고, 수경이 건넨 냅킨으로 눈시울을 닦았다.

눈물이 흘러내리고 있었다. 손미영이 담담히 말을 이어갔다.

"혼자 산다는 게 힘들다는 것 알아요. 하지만 그렇게 해보고 싶을 정도로 남편이 미웠어요. 내가 받은 과거 상처를 시어머니나 남편이나 모두 사과한 적이 없으니까요…."

스탠드 불빛이 들어왔다 나갔다 하면서 잠시 정적과 고요함이 찾아왔다. 부부간의 갈등 상황만 아니라면 고즈넉한 밤이었다. 비가 잔잔히 내리고 달빛이 오롯이 골목길을 비추었다.

부부가 일어나 무무사를 나서려 했다.

연주가 물었다.

"두 분 우산이 있으신가요?"

손미영이 고개를 저었다.

수경은 분홍 우산을 내밀었다. 누군가 두고 찾아가지 않는 거였다.

"하나밖에 없어요."

수경이 내미는 우산을 이정호가 받았다. 두 사람은 인사를 하고 무무사를 나섰다.

얼굴이 부어 운 자국이 역력한 이정호는 우산을 쓰고 얼굴을 가리려는 듯했고, 손미영은 우산을 쓰지 않고 저만치 총총 걸어가 버렸다.

이정호는 잠시 무무사 앞에 머물다 분홍 우산을 그대로 손잡이에 걸어놓고 비를 맞고 걸었다.

수경이 고요하게 앉아 있는 연주에게 물었다.

"사장님, 두 분이 화해를 할까요?"

연주는 고개를 저었다.

"아닐 것 같아요. 괜히 내가 끼어들어 더 안 좋아졌는지도 모르겠어요."

"사장님은 최선을 다하셨잖아요. 그리고 아까…."

수경은 거기서 말을 끊었다.

연주의 과거 이야기는 차마 꺼낼 수가 없었다. 스스로 들려주기 전에는 절대로 더 물을 수 없다. 짐작만으로도 큰 무게의 아픔으로 다가왔다.

몇 주간 연주와 수경은 무무사에 이정호, 손미영 부부가 찾아와 하는 이야기들을 묵묵히 들어주었다.

이정호가 답답하다는 듯 말했다.

"제가 화가 나는 건 돈 못 번다고 나가서 일하라는데, 도배나 에어컨 청소나 하수구 뚫는 기술을 배워서 일하래요. 그런데 나 같이 나이 든 사람이 그런 기술을 어디 가서, 어느 세월에 배워 일을 하겠냐구요. 정말 말도 안 됩니다. 제가 평생 벌어서 먹여 살리고 지금도 그 돈 저금한 데서 생활비가 나오는 건데, 저이는 일도 안 하고 해봤자 알바나 간간이 뛰었으면서 어떻게 저한테 힘든 일이나 기술 배워 어느 세월에 하라는 겁니까? 정말 적반하장이죠."

손미영도 지지 않고 말했다.

"아니, 여기 사진관 사장님도 기술 배워 이런 가게도 하고 사진 찍으러 다니시는 거잖아요. 저보고 하도 오늘은 어딜 나가느냐 나도 좀 따라가면 안 되겠느냐 해서 권한 건데 저렇게 나오네요."

수경이 보기에 오늘은 부부가 얼굴도 안 쳐다보고 사장님에게 하소연하고 있었다. 이제는 재판정에 들어선 부부처럼 서로 적대적으로 나오고 과거의 일들을 모조리 끄집어냈다.

수경은 슬슬 듣는 게 질리고 꾀도 났지만 연주는 진지했다.

식사 시간이 되었다. 연주가 식사비를 냈다.

수경은 배달된 옛날 도시락을 열어서 보였다.

"이 도시락통은 다시 가져다드려야 된대요, 사장님."

"이 가게는 일회용이 아닌 다회용기 쓰는 데니까. 내가 일 보러 갈 때 씻어서 돌려다 드릴게요."

"네. 사장님, 선생님들 드세요."

이정호가 미안해하면서 도시락을 집었다.

"감사합니다. 저희가 상담료도 안 드리고, 미안해서 커피만 마시고 그러는데 정말 이렇게 얻어먹어도 될지요."

손미영도 미안한 얼굴을 하면서, 말을 건넸다.

"제가 김치를 담갔어요. 다음번에 밑반찬류와 같이 가져다드릴게요. 그리고 저기 일회용 카메라 오늘은 안 샀던 거 사갈게요."

"나도 같이 사진 찍으러 다니자. 그럴 거면."

이정호가 너스레를 떨자 마음이 풀린 손미영이 도시락통을 보며 말했다.

"우리 어릴 적에 이런 도시락통 있었잖아. 옛날 도시락."

"그치. 요즘 사람들은 모르겠지만, 이거 겨울에 데워 먹는다고 난로 위에 올려놨었지."

손미영이 시선을 위로 허공에 두고 회상했다.

"나 어릴 적에 엄마한테 흰 고무신 더럽힌다고 혼났는데."

"어데? 여보야, 난 하얀 고무신을 그렇게 가지고 싶어도 때 탄다고 아버지가 사줬나? 그냥 검정 고무신 질기디질긴 것만 학교 갈 때 내내 신고 다녔지."

손미영이 배시시 웃었다.

"그래도, 하얀 고무신도 지푸라기로 닦으면 검은 얼룩이 지워지긴 했어요. 때가 잘 타서 그렇지."

"그러고 보니 우리가 고향이 바로 옆이었네. 어릴 적에 고생하는 아버지, 엄마 보고 지긋지긋해서 도시 가서 공부해 공무원 됐지만, 이제는 고향도 그리워. 귀농이나 해볼까?"

손미영은 방긋 웃으면서 대꾸했다.

"당신 혼자 내려가. 난 여기 살게."

"하구, 그럼 그렇지. 나도 귀농 기술 배우기 전엔 못 내려가. 당신 나 시골 가면 도시서 혼자 좋으라고? 그나저나 갑상선 초음파 결과는 어때?"

손미영이 눈을 둥그렇게 뜨고 되물었다.

"알고 있었어? 괜찮대. 아직 양성 혹 작대. 그러니 걱정 마."

"알았어."

"당신 전립선 비대 증세는 어때?"

"괜찮다는데?"

이정호는 그렇게 말하면서 껄껄 웃었다. 손미영도 마주 보고 웃었다.

"나 여기 무무사 사장님이 소개해준 문화센터 사진 수업 들으러 가. 사진 기술 배우려고. 나도 꼭 돈 받는 일 아니더라도, 누가 결혼이나 회갑연, 장례식 때 부탁하면 봉사해 보려구. 우리 애들 사진이나 내 영정 사진도 내가 찍어 둬야지, 뭐. 급할 땐 사진 찾느라 난리 나잖아. 친척 어르신 장례를 가봐도."

"시아버님 장례식도 그랬지. 그래, 잘 생각했어."

수경은 부부에게 홍차를 우려서 건넸다.

"아, 향이 너무 좋네요."

"잘 숙성된 홍차입니다. 정말 귀한 손님이 오시거나, 좋은 분위기에는 커피 말고 다즐링이나 얼그레이 드려요."

부부는 이제야 홍차 향을 음미할 여유가 생긴 것 같았다. 손미영이 초롱초롱한 눈빛으로 물었다.

"다기나 차는 어디서 사나요?"

수경이 연주를 쳐다보았다.

"백화점이나 마트에 다 있어요. 온라인 쇼핑몰도 있구요. 취향대로 고르시면 됩니다. 시음도 해보시구요."

"음, 그간 커피나 녹차만 마셨는데, 넘 좋네요."

이정호가 제안했다.

"당장에 내일 가서 사자구. 당신하고 대화를 나누고 싶을 때는 내가 홍차를 우릴게요."

"알았어요. 대신에 외출하는데 귀찮게 하기 없기."

"오케이, 알았습니다. 마눌님."

어느덧 무무사 창밖으로 석양이 내려앉고 있었다. 점심에 온 부부는 홍차를 마시고 저녁을 먹으러 간다면서 내일은 백화점으로 간다고 했다.

수경은 흐음, 작게 숨을 내쉬면서 오늘도 사진을 찍은 사람의 사연과 소원이 조금이나마 이루어졌다고 생각했다.

연주가 일을 보러 나가고, 수경은 부부의 사진 보정 작업을 마친 후에 무무사를 나왔다.

일주일 후, 이정호는 직장을 구하러 친구가 소개해주는 사무실로 향했다. 하지만 친구가 말한 사무실에 가보니, 막상 청소 일을 하고 있었다. 친구는 인력 사무소에서 일을 받아 그날그날 나가고 있었다. 이정호는 다음번에 일이 생기면 연락을 주겠단 말에 일단 알겠다 하고 전철을 타고 집으로 돌아가는 중이었다.

전철에서 수십 개의 쇼핑백을 끈으로 연결해 어깨에 메고 가는, 지하철 택배를 하는 어르신과 꽃바구니를 든 어르신이 눈에 들어왔다.

일을 가릴 처지가 아니었다.

이정호는 가장 좋은 넥타이와 양복을 입고 서류가방도 들고 나섰는데, 막상 집 근처 전철역에 내려 집에 가고 싶지는 않았다. 하지만 갈 곳도 없었다.

그는 전철역 광장에 앉아서, 양복 넥타이를 바로잡고 그대로 다리를 모으고 한참 있었다.

사람들은 무슨 일이 있어 어디를 그렇게 바삐 가는 줄 모르겠다. 누군가 쥐어준 전단지가 눈에 들어왔다.

'국비 지원 개발자 대모집'이라고 써 있다. IT 프로그래밍, 웹 디자인, 실내건축 설계 디자인 등등을 무료로 가르쳐준다고 되어 있었다.

'할 수 있을까?'

이때 누군가 다가왔다. 어떤 젊은 여성들은 반대편에서 걸어오는 이가 늙은 아저씨라는 걸 인지하면 좁은 골목길에서 돌아가거나, 아니면 시선도 주지 않는다. 젊은 남성도 마찬가지이다.

그런데 누가 다가와 그 앞에 섰다. 낯이 익은 커피색 구두이다.

"여보, 정호 씨. 오늘 잘 다녀왔어? 일 소개해준다는 데."

아내이다. 손미영이 그 앞에 다정한 얼굴로 서 있다.

"집으로 가요. 내 고등어구이 해줄게."

이정호가 너털웃음을 지으면서 일어났다.

"일이 오늘은 없대. 그리고 현장직 하려면 안전화를 준비해 오라던데?"

"집에 가서 자세한 이야기 해줘요. 우리도 같이 힘 합쳐 뭔가

해보자. 나도 친구가 아파트 복도 청소 같이 하자는데, 같이 가보려구. 두려운 거 부끄러운 거 뭐 있겠어. 운동도 되고, 힘도 기르고 열심히 보람찬 일을 해야 밤에 잠도 오지."

"그렇겠지? 그래, 가보자. 나도 이제 자존심 버리고 할 수 있는 일 찾아봐야겠어."

부부는 서로 어깨와 등을 쳐주면서, 오늘도 수고했다는 말을 하고 나란히 집으로 돌아갔다. 집으로 가는 길에 무무사가 보였다.

이정호는 고개를 끄덕이고, 손미영은 입가에 미소를 띠고 안을 한번 들여다보았다.

"우리 스티커 사진 한번 찍어볼까? 무무사 사장님 매출도 올려주게. 고마운 분이잖아."

"그래요."

부부는 빈 가게로 들어가 스티커 사진을 찍었다.

아이들처럼 머리띠도 착용하고, 가발도 쓰고 웃기는 제스처도 취하면서 사진을 찍었다.

이정호는 손미영의 뺨에 입술을 갖다대고, 손미영은 종주먹으로 가볍게 치면서 마지막 스티커 사진이 찍혔다.

그들은 사진을 벽에 스카치테이프로 붙이고, 무무사를 나섰다.

유방암 환자의 보디 프로필

무무사 문이 활짝 열리고, 누군가 다급하게 들어왔다.

"사장님! 수경 씨!"

"서 사장님, 무슨 일이세요?"

"엉엉어으허어어어어어엉…."

서용정은 무무사 바닥에 털썩 주저앉아서 아이처럼 엉엉 울었다.

수경은 난처했다. 같이 주저앉아서 등을 토닥거렸다.

"서 사장님, 무슨 일이세요?"

"제 이야기 들어줄 데는 어디에도 없고, 흑흑, 여기 무무사 밖에요. 저 오늘 조직검사 했어요. 결과는 4일 후에 나오는데, 유방외과에서 초음파 소견으로 유방암일 확률 있대서 일단 종합병원에 진료 의뢰도 해 놨어요…."

수경은 놀라서 잠시 앉아 있다 서용정이 진정되기를 기다렸다가 홍차를 우려서 따라주었다.

"제가 지금 해 드릴 수 있는 게 이것밖에요."

무무사의 주황색 불빛 아래 서용정은 잠시 홍차를 마시고 진정했다.

"사장님은 일 보러 나가셨어요."

"괜찮아요, 수경 씨가 옆에 있는 것만으로도 도움이 되어요. 나 이혼하고 악착같이 살았어요. 알죠? 여기서 핸드백 잃어버렸다고 패악질하고, 사장님이 정신 차리게 도움 주시고, 그 후에 가게 열고, 지원금 받아서 포케 도시락도 홈쇼핑에 팔고 정말 열심히 살았어요."

"다, 알죠. 그 과정에 제가 있었잖아요."

"그런데 이런 일이…."

"조직검사 결과 후에 어떻게 되는 거죠?"

"양성이면, 그냥 맘모톰으로 병원에서 수술받고, 악성이면 종합병원에서 암 수술하고 치료 받아야 해요."

수경은 어떤 심정일지 와 닿지 않았다. 이모가 암 수술로 항암을 하면서, 머리카락이 다 빠지고 엄청 힘들어하는 걸 본 적이 있었다. 5년 전 일이고 지금은 잘 사신다.

"조직검사 결과가 아직 안 나왔잖아요."

서용정이 조용히 웃었다.

"그렇긴 하죠. 우리 스티커 사진 같이 찍어요. 어릴 적 힘들게 살아서 학교 친구들하고 놀던 추억이 별로 없어요. 우리 같이 찍어요."

수경은 서용정을 화장대에 앉히고 얼굴에 메이크업을 해주었다. 눈썹과 입술, 볼터치만으로도 다른 사람 같았다. 머리를 드라이기로 펴주고, 하트가 달린 머리띠를 해주었다.

"예뻐요, 사장님."

"수경 씨도 이거 밀짚모자 써봐요. 예쁠 거 같아요."

서용정과 수경은 스티커 사진을 찍으면서 하트 손가락 모양, 브이자 모양 그리고 갖가지 포즈를 취하면서 여러 컷을 남겼다.

일주일 후, 연주는 밤에 무무사 정문에 '임시 휴업' 간판을 내걸었다.

"사장님, 오늘은 24시 영업 안 해요?"

연주는 미러리스 카메라 렌즈를 손보면서 고개를 끄덕였다.

"오늘은 한 분만을 위한 사진관이 됩니다. 보디 프로필 사진을 찍어드릴 겁니다."

잠시 후, 서용정이 베이지색 드레스를 입고 나타났다. 부슬부슬 오는 비에 도트무늬 노란 우산을 쓰고 나타난 그녀의 붉은 힐과 붉은색 립스틱이 돋보였다.

"사장님, 잘 부탁드립니다. 유방외과 원장님 말씀으로 사이즈로 봐서 수술을 할지도 모르니 마음의 준비를 해 놓으래요."

수경은 아, 하는 마음이 들었다. 조직검사 결과가 나온 것이다.

서용정은 눈가에 눈물을 내비치면서 웃어보였다.

"결과 나오고 며칠 동안 가게 닫고 오래전 친구들도 만나고 놀았어요. 다음 달에 종합병원 진료인데, 이제 긴 시간 동안 투병하면 만나지 못하니까요. 저, 수술 전의 가슴을 사진에 담고 머리카락도 있을 때 남겨놓고 싶어요. 혹시 나의 미래의 남편,

생길지 모르는 아이를 위해서라도 젊은 시절의 모습을 남기고 싶어요."

"네, 좋습니다."

연주는 담담하게 무무사의 커튼과 블라인드를 내리고, 조명을 환하게 밝혔다.

수경은 연주를 도와 카메라를 세팅하는 걸 도왔다. 그리고 사진을 찍을 장소를 훑었다.

가림판을 가져와 스티커 사진기와 서가를 가리고, 조명판을 설치했다.

서용정은 상의를 벗고, 브래지어를 벗었다.

유두에 작게 진주와 조화 꽃잎으로 만든 장식이 붙어 있었다. 서용정이 환하게 웃었다.

"친구들도 보여줄 건데 가릴 건 가려야죠. 호호, 저 사실 몸이 살집이 있어도, 가슴이 대칭이고 처지지 않아서 자신 있었는데 이렇게 보디 프로필로 남기니 마음이 편해요. 미장원에서 드라이하고 왔어요."

서용정은 머리끈을 풀어서 머리카락을 늘어뜨렸다.

얼굴에는 생기가 돌았다. 수경은 서용정이 아름답다고 생각했다. 한 사람의 인생이 깃들어 있는 몸과 얼굴, 머리카락이었다.

"자, 환하게 웃어보세요. 찍겠습니다. 하나, 둘, 셋!"

찰칵찰칵 소리가 연거푸 나면서 서용정은 입꼬리를 들어올렸다.

연속 촬영으로 서용정의 사진을 여러 컷 찍었다.

그녀는 해바라기처럼 환한 웃음으로 거듭났다.

점차 찬바람이 부는 한겨울이 코앞에 다가왔다.

서용정은 그간 암 수술과 항암을 마치고, 최근에는 방사선 치료를 받기 위해 병원을 다닐 준비를 하는 중이었다.

그녀는 체력이 많이 소모되었지만, 최근에는 반찬가게를 다시 열 준비를 하면서 쉬고 있었다. 무무사에 간혹 들러 어떻게 지내는지 근황을 무지개 노트에 남기고 가기도 했다.

수술 흉터 자국이 많이 아물면 다시 보디 프로필 사진을 찍을 날짜를 정하자고 했다.

수경은 연주와 상의해 이번에는 어떤 콘셉트로 찍을지 의논해 연락드린다고 답했다.

서용정은 수술이 잘되어 기분이 좋다면서, 비용을 제대로 치를 거라고 했다. 수술이 잘되어서 너무나 좋은 컨디션이 되었다고 했다. 이런 이야기들을 무지개 노트에 시간 차를 두고 남겼다.

수경이 여느 때처럼 출근해 사무실에서 파일을 보정하고 정리하는데, 누군가 들어오는 소리가 났다.

"수경 씨, 사장님 혹시 계세요?"

"어?"

수경은 즉시 일어나 문을 열고, 무무사 가게로 나갔다.

"서 사장님?"

허리까지 머리카락을 늘어뜨린 서용정이 뒤를 돌아 수경과 눈을 마주쳤다.

"난 줄 어떻게 알았어요? 뒷모습만 보고요."

"원피스가 본 거 같아서요. 아까 목소리도 들었고요."

서용정은 고개를 끄덕이면서 웃었다.

"그렇구나. 저 어때요?"

"어? 좋아 보이세요. 머리를 많이 기르셨어요. 예뻐요!"

"후후, 이거 암 환자용 가발이에요. 맞췄어요. 머리카락이 너무나 빠져서 듬성듬성 아기 머리처럼 나서, 다 밀고 당분간 가발 쓰고 다니려고요. 긴 머리 해보고 싶었는데."

"잘 어울려요."

"그래요, 내가 이 가발 나중에 필요 없으면 수경 씨 긴 머리 하고 싶을 때 빌려줄게요."

"헤헤, 그래요. 서 사장님."

서용정은 원피스 자락을 들고 빙그르르 돌았다.

"이제 수술한 상처도 거의 옅어지니, 다시 보디 프로필 촬영할 날을 기다려요. 호호."

"건강해지셨어요."

"방사선 치료가 남았지만, 그건 아프지 않고 좋아요. 빛을 쬐고 있으면 따뜻한 기분도 들고요. 사실, 다시 태어난 기분이에요.

이제 암에서 벗어날 5년 완치 판정될 날만 기다려요."

수경은 고개를 끄덕였다.

"너무나 대단하시고, 큰 과정을 이겨 내셨어요."

"여기, 무무사 수경 씨나 사장님 아니었으면 힘들었을 텐데…. 고마워요."

수경은 미소를 지었다. 수경과 서용정의 시선이 마주치면서 눈시울에 눈물이 슬쩍 고였다.

누구랄 것도 없이.

"자자, 여기 맛있는 반찬 해왔어요. 냉장고에 넣어둬요. 그리고 이건 수경 씨 집에 가져가요. 밑반찬. 사장님 것도 따로 해왔으니 가져가도 돼요."

"에헤, 사장님. 정말 고맙습니다."

"고맙긴, 내가 더 고맙죠."

서용정은 수경을 덥석 안았다.

"진심으로 고마워요. 수경 씨, 비밀인데 내가 다니는 암 병동에서 내가 가장 멋쟁이 환자랍니다."

"정말요?"

"그럼요. 호호."

"하하하하."

수경과 서용정은 즐거운 수다를 떨었다.

무언가 일어날 조짐

수경은 그날도 새벽에 누가 귓가에 악 소리를 질러 일어났다.

"하아, 하아…."

기분이 이상했다. 최근에 악몽을 꾸었다. 어젯밤 꿈에 칵테일 바를 갔는데, 바텐더가 다른 손님들에게는 무지개색의 아름다운 빛깔의 칵테일을 주었는데, 수경에게는 무채색 칵테일을 건넸다. 그리고 싸늘한 표정을 지어보였다.

최근에 수경의 부모님이나 집안에 불안한 일은 전혀 없지만 걱정이 돼 안부 전화를 드렸다.

기분이 묘했다.

무무사에 출근하니, 연주와 30대 후반의 남성이 이야기를 나누는 중이었다.

"강 피디님, 여기는 무무사 직원 현수경 씨입니다."

"안녕하세요, 피디님. 저희 무무사가 TV 프로그램에 나오는 건가요?"

"아니요, 남편의 실종사건을 취재하려고 의논하러 오신 겁니다."

수경은 고개를 작게 끄덕였다.

강 피디는 연주에게 부탁했다.

"사건을 다시 캐보고 싶습니다. 허락만 해주시면, 관련된 지인들을 모두 찾아가 볼 참입니다."

연주는 망설이는 얼굴이었다.

"글쎄요. 이제는 솔직히 음…."

수경이 나섰다. 강 피디 옆에 의자를 끌어다 앉으면서 부탁했다.

"피디님, 해주세요. 제가 대신 부탁드릴게요."

"수경 씨."

연주가 말리자, 수경은 연주를 설득했다.

"사장님, 이제 그토록 힘들어하셨던 일을 다른 사람의 도움으로 같이 해결해 보아요. 우리 무무사도 여기에 오시는 힘든 분들을 그냥 무작정 도와드렸잖아요. 결과는 생각 안 해보고요."

"하지만 요즘은 오히려 더 캐봐야 나올 게 없는 건 아닌가 하는 생각도 들어요."

강 피디가 앞으로 몸을 내밀면서 나섰다.

"이 기자님."

"지금은 기자가 아닙니다."

"이 선생님, 제가 새롭게 알아낸 취재 정보에 의하면, 차승현 씨가 여기 연호동 땅 개발 관련해, 대출업무를 담당하고 있었는데, 그 땅에서 문화재가 나와서 투자 회사와 시공사가 갈등을 빚었다는 증언을 얻어냈어요."

"네? 문화재…요?"

"네, 공사가 중단될 뻔했답니다. 새롭게 알아낸 사실입니다. 그런데 문화재가 아닌 걸로 판명되어서 공사가 다시 재개되고 그랬답니다."

이때 무무사 문이 열리고, 홍진기가 빵이 담긴 쟁반을 들고 들어왔다.

"어, 사장님도 계셨네요? 이건 새롭게 출시하는 고르곤졸라 미니 피자인데, 드셔보시라고 사장님이 제게 들려 보내셨어요."

수경이 나서서 빵을 받아들었다.

"사장님께 고맙다고 전해주세요."

연주의 말에 홍진기는 고개를 끄덕이고 무무사를 나섰다.

홍진기가 나가자 수경이 빵을 접시에 덜어두고 쟁반을 들고 홍진기를 따라나갔다. 수경은 무무사 밖에서 홍진기와 이야기를 나누었다.

"아니, 수경 씨. 저분 유명한 피디님 아니에요? 시사 프로그램에서 추적 보도를 하시잖아요. 주로 강력사건이나 미제사건 위주로요."

"어? 아시는군요?"

"무슨 일로 저분이 무무사에 발걸음을 하신 거죠?"

"그게 저, 사정이 있어요. 그냥 그 정도로만 아시고, 더는 묻지 말아주세요. 사장님 관련한 일입니다."

"네, 알겠어요. 그럼 저는 갈게요. 수경 씨."

"빵 고마워요."

일주일 후, 연주는 강 피디, 수경과 같이 카페에서 전직 문화
재청 직원을 만났다. 근처에 사는 분이라서 가까운 데서 만났다.

50대의 남성은 문화재청에서 문화재 발굴 관련 일을 했있다
고 했다.

"제가 실사를 나간 적이 있었습니다. 건물을 지으려 땅을 파는
과정에서 토기가 발견되었죠. 저희는 백제시대 토기인 걸로 판
단해 실사를 나갔습니다."

연주는 주의 깊게 들었다.

"그런데 분석한 토기의 상태와 유골이 조선 후기로 판명돼 사
업권은 허가가 났죠."

강 피디가 물었다.

"그때 개발 사업권이 문화재 발굴로 취소되는 줄 알고 찾아온
사람이 있었습니까?"

"사업 관련된 사람들이 몇몇 항의하러 왔었죠. 땅 주인도 있
고, 시행사, 시공사 사람들도 왔었구요. 그게 실종사건과 무슨 관
련이 있습니까?"

"실종된 차승현 씨가 연호동 개발과 관련해 은행 대출업무를
맡고 있었죠."

강 피디의 말에 남성은 고개를 끄덕였다.

"제가 집에 일하면서 메모한 수첩이 꽤 있는데 찾아보고 연락 드리겠습니다. 그때만 해도 문서를 컴퓨터로 안 하고 메모 정도는 수기로 했으니까요."

연주는 일어나 정중하게 부탁했다.

"부탁드려요. 제 남편을 찾는 데 큰 도움이 될 거예요."

"아닙니다. 지금이라도 찾을 수 있다면 다행이죠."

수경과 연주는 강 피디, 남성과 헤어지고 무무사로 걸어 돌아왔다.

"수경 씨, 무무사 일 봐줘요. 나는 마음이 떠서 좀 나가서 진정하고 올게요."

연주는 주차장으로 가서 차를 운전하고 어디론가 향했다. 수경은 진심으로 실종사건이 잘 해결되기를 바라고 또 바랐다.

그 사건의 진실은

김현호가 동네 상권 관련해 의논하고 싶다고 며칠 전부터 이야기했는데, 갑자기 메시지를 주고 연주가 있는 걸 확인하고 무무사를 찾아왔다. 연주는 반갑게 맞았다.

비가 부슬부슬 오는 고적한 밤에 김현호와 연주는 커피를 놓고 이야기를 나누었다.

"이 빵 좀 드세요. 차파티인데 채소나 밥하고 먹어도 맛있지만, 전 담백하게 그냥 먹는 것도 좋더라구요."

"감사합니다."

연주와 김현호는 상권 개발 관련해 이야기를 나누다 휴식을 취하면서 티타임을 가졌다.

"그런데 지난번에 수경 씨한테 언뜻 듣기는 했는데 10년 전에 안 좋은 일이 있었다구요?"

연주가 놀랐다.

"수경 씨가 그런 말을 해요?"

"아, 죄송해요. 저한테 한 게 아니구 우리 알바생 진기한테 우연히 가족의 실종사건을 말하는 걸 엿들었어요."

"그랬구나."

"안 좋은 일은 널리 알리라잖아요. 저한테 자초지종을 자세하게 말씀하시면 제가 어떻게든 도울 방법을 알아볼게요. 저 이래봬도 이 근처에서 10년 전에는 사업도 하면서 사람들 많이 알고 지냈어요."

"연호동에서요?"

"네. 그래서 여기 가게도 낸 거죠. 파티시에 유학 과정을 끝내고 다시 돌아왔어요."

"사실은, 정말 깊이 품고 있는 이야기인데, 남편이 10년 전 실종되었어요."

김현호는 진중한 눈빛으로 연주를 보았다.

연주는 그간의 일들을 설명했다.

길고 긴 말이 이어지고, 김현호는 다 듣고 나서 잠시 침묵하다 입을 열었다.

"그런 사연이 있으셨구나."

김현호는 연주의 얼굴을 처연한 표정으로 보았다.

"저는 그런 것도 모르고. 그런데 정말 이상하네요. 상갓집 가잔다는 친구 말 듣고 나간 남편분이 행적이 묘연하다구요? 혹시 하던 일이 잘 안되어서 어디로 피신한 것은 아닐까요?"

"분명히 개발 관련해 대출 일을 했지만, 그렇다고 거액의 빚을 지거나 한 상태는 아니었어요."

김현호는 난처한 얼굴을 했다.

"죄송해요. 일본에는 빚을 지거나, 피치 못할 사정으로 하루아침에 야반도주해 사람들이 증발되는 일들이 몇십 년 전부터 있다는데, 우리나라도 그렇대서요."

"그런 것은 모르겠어요. 하지만 가정적으로도 일로도 잠적할 정도의 사안은 없었습니다."

김현호는 잘 알겠다는 듯 고개를 끄덕였다.

"커피 한 잔 더 주시겠어요?"

240

연주가 자리에서 일어났다. 커피머신으로 다가가는데, 김현호가 가림판을 무무사 창가로 옮겨서 창문을 가렸다. 그리고 잠금장치를 돌려서 안에서 문을 잠갔다. 연주는 김현호의 행동을 알아차리지 못했다. 김현호는 테이블에 앉아 나직하게 말했다.

"연수 씨, 승헌이 바꿔주세요. 친구 아버지가 돌아가셔서 문상을 가야 합니다."

연주는 온몸에 소름이 돋았다. 뒤를 천천히 돌아보았다.

"방금 그 목소리…."

커피 컵을 떨어뜨린 연주의 목소리가 바들바들 떨렸다.

"왜요? 어디서 들어본 것 같아요? 말하자면 전화 목소리?"

연주는 김현호 얼굴을 직시했다.

김현호가 차갑게 웃었다.

"연주 씨, 승현이 바꿔주세요. 친구 아버지가 돌아가셔서 문상을 가야 합니다. 하하하하, 심장이 마구 쫄깃거리나요? 잼나죠?"

"대체 무슨…. 당신 대체 누구야?"

연주의 얼굴이 하얗게 질렸다.

"왜 10년 전 사건을 캐요? 시사 프로 피디 만난다면서요. 진기가 거기까지 얘기했습니다. 난 당신을 미행해서 문화재청 사람 만나는 것까지 봤어요. 구석 테이블에서 모자에 마스크 쓰고 엿들었죠."

연주는 김현호를 노려보았다.

"당, 당신! 대체 누구야?"

"더 있다가는 나한테까지 연락 올 거 같더라구. 후후. 안 되겠다 싶었지. 그래요, 사실 내가 연습을 많이 했지. 원래 목소리 대신 다르게 내보려 했는데 도저히 안 돼. 그래서 사건 후에는 목소리를 다르게 발성하는 법으로 바꾸었지."

연주는 덜덜 떨면서 의자 등받이를 붙잡고 간신히 섰다.

"사, 사건? 무슨 사건?"

"실종 말이야. 차승현 실종사건. 후하하하하."

김현호는 입꼬리를 당겨서 소름 끼치는 웃음을 보였다.

"작년에 시사 프로그램에 예고편 나온 거는 주시하고 있었지. 그러나 방송은 하지 않았고. 하도 궁금해 왜 방송을 안 했나 프로그램 관련 포털 카페에서 살펴봤는데, 차승현 아내가 이곳에 사진관을 열고 산다는 네티즌의 글을 읽었지, 당신 친구 같던데? 아니면 네티즌 안방 수사대 중 한 사람인가?"

연주는 절절하게 울리는 목소리로 말했다.

"그래서… 그래서 그때 왜 전화를 한 거야?"

"그래. 연주 씨, 승현이는 연호동에 잘 있으니 걱정 마시고 이제 그만 찾으시죠, 더 찾으러 나서면 영원히 못 찾게 되는 수가 있습니다. 잘 있으니 걱정은 안 해도 됩니다."

연주는 묵묵히 들었다.

"정확하게 말해…. 대체 무슨 일이 있었던 거야?"

김현호는 연주에게 설명했다.

"내가 그때 얼마나 힘들게 살았는지 알아? 그 자식이 돈을 중개한 걸 내놓으라고, 당장에 갚으라고 얼마나 득달같이 난리 쳤는지 알아? 지 돈이야? 투자한 사장님 돈이지. 신의가 있다고 얼마나 난리를 쳤는지, 원. 누구라도 순간적으로 손이 올라갔을 거야."

김현호는 이야기 좀 하자고 그를 불러냈다. 핑계는 동창생 상갓집에 가자고 한 거였으나, 거짓이었다. 차승현은 속아서 그의 차에 올라탔고, 연호동으로 향했다.

그는 투자로 받은 돈으로 건물을 지을 땅을 사두었다. 바로 마르코 베이커리가 있는 이 땅이었다.

"당장 투자받은 돈을 사장님께 돌려드려. 이건 사업 중단해야 해."

연주의 남편 차승현은 대출과 별개로 투자 중개를 한 상태였다. 김현호는 시행 사업을 하던 중에 땅에서 문화재와 유골이 나와 사업 중단이 될 위기에서 투자금을 돌려주라는 설득을 받았지만 완강하게 거부했다. 그래서 이를 거부하다가 상의하자고 불러내서는 연호동 현장에 와서 이야기했다. 하지만 실랑이가 벌어지고 차승현을 죽이게 되었다. 당시만 해도 개발 중이던 동네여서 CCTV도 거의 없었고, 길 가는 사람도 드물었다.

차승현을 야산에 매장해 숨길 수 있었다. 10년 전 일이다.

지금처럼 비가 오던 밤이었다. 김현호는 그 일을 잊을 수 없었다. 백제의 문화재가 아닌 것으로 밝혀졌고, 유골도 유족을 찾아 이전하게 돼 시행 사업은 잘되었다.

투자한 사장님은 차승현의 실종이 안타까웠다고 했지만, 이후로 재개발이 차질 없이 진행되어 흡족해했다.

다행히 그가 투자를 중개하고 시행에 잠시 관여한 것은 차승현이나 투자자 말고는 거의 아는 사람이 없었다.

1년 전 실종 전단이 갑자기 페이스북에 올라오고, 시사 프로그램에서 다룬다고 할 때 그는 위기감에 몰렸다. 그러나 프로그램은 만들어지지 않았다.

10년간 김현호는 이탈리아에 가서 제빵을 배우고, 한국으로 돌아와 제과점을 차렸다. 처음에는 강남에 월세로 상가를 임대해 차렸다가, 사둔 땅에 상가를 지었고 가게를 확장 이전했다.

그간 목소리를 바꿔서 사용할 수 있는 법을 유튜브와 성우 시험을 준비하는 사람들이 다니는 학원을 통해서 배웠다.

목젖을 안쪽으로 끌어올리면서 목소리를 내면 톤이 달라지고, 목에 힘을 뺀 채로 가성을 내면 심지어 여성의 목소리도 흉내 낼 수 있었다.

그는 발성법을 배워서, 전화 목소리에서 탈피해 더 낮은 중저음 소리를 낼 수 있었다. 연주가 전화 목소리를 기억할까 두려워서였다.

물론 1년 전 연주에게 전화할 때는 예전의 목소리를 냈다.

대학교 동창회에서 친구들이 목소리가 달라진 것 같다고 하면, 성대에 혹이 있어 수술을 받아서 그렇다고 둘러댔다.

성대 근육을 얇게 두껍게 조절하면서 새로운 제2의 목소리로 살아가게 된 것이다.

김현호는 왜 그날 밤 거짓말로 그를 불러내서 결국 죽이게 되고, 으슥한 곳에 감췄는지 내내 이해가 안 갔다. 자신이 한 일인데도 말이다.

어쩌면 정말로 그를 죽이고자 계획했던 것은 아닐까 싶었다. 그만큼 투자자가 빠져서 개발이 헛수고로 돌아가는 것은 원치 않았다. 그건 죽도록 싫었다.

김현호는 과거 기억에서 나와 현실로 돌아왔다.

김현호는 손에 망치를 들었다. 가게에서 못질할 때 쓰는 장도리이다. 작정하고 여기 오기 전에 챙겨서 왔다.

"여기서 사진관을 열고 있을 줄이야. 내가 얼마나 놀랐겠어. 그런데 한편으로 정말로 궁금했어. 내 목소리를 알아들을까?"

김현호는 깔깔 웃었다.

"못 알아챈 거야? 정말로? 아니면 알고도 모른 척한 거야?"

연주는 김현호를 매서운 눈으로 보면서 대차게 일갈했다.

"네가 무무사로 나를 못 찾아냈다면, 내가 너를 죽는 날까지 찾아냈을 거야. 차라리, 차라리⋯ 죽여서 그이를 돌아오게 했으면 내가 이토록 괴롭고 고민하면서 우왕좌왕 어둡게 살아오지는 않았을 거야! 너를 용서할 수도 있었어. 하지만, 하지만… 생사도 모른 채 고민하고 갈등하게 만든 것은 절대로 용서할 수 없어!"

"그럴 수는 없지. 사업은 조용히 진행해야 했으니까. 실종 수사는 잊힐 수도 있지만, 살인사건은 형사들이 달라붙거든. 그간 나도 얼마나 죄책감에 시달렸는지 알아?"

연주가 픽 웃었다.

"죄책감? 그럴 리가. 그런 사람이 이렇게 버젓이 이곳으로 돌아와 가게를 차릴 리가 없지. 말해! 승현 씨 어디에 있어. 어?"

무무사 뒤쪽 사무실 문이 천천히 열렸다. 수경이 놀란 얼굴로 연주와 김현호를 바라보았다.

김현호가 방긋 웃으며 말했다.

"거기 사무실 있었어요? 무인 가게가 아니네? 이거 사기 아닌가?"

"저… 다 들었어요."

"뭘 들어요?"

"두 분 말하는 거요. 자수하세요. 경찰서에."

"증거는 어디에도 없잖아요?"

김현호가 천연덕스럽게 웃으면서 답했다. 수경이 떨리는 눈으

246

로 슬며시 고개를 저었다.

"사무실에 있으면서 상황이 심각해 보여서 몰래 녹음했어요. 제가 다른 사람한테 사장님 과거 이야기한 적 절대로 없거든요! 실종사건 진기 씨한테 말 안 했어요. 그때부터 이상해서 모든 걸 녹음했어요. 승서는 있어요."

김현호가 수경에게 달려와 덮치면서 같이 넘어졌다. 수경은 쓰러지면서 으아악 소리를 내질렀고, 그대로 연주가 김현호의 뒤통수를 카메라 삼각대를 들어 때렸다.

"으아아아."

김현호가 수경에게서 떨어져 나가자 연주가 소리를 냈다.

"어서 나가서 신고해요, 어서! 여기 무무사는 나한테 맡겨요."

수경은 차마 연주를 두고 나갈 수 없었다.

위기의 그 순간, 서용정이 무무사 문을 벌컥 열고 들어섰다.

"무슨 일이에요? 이 밤에. 전 재료가 급하게 떨어져 마트에 다녀오는 길에 들렀어요! 창이 가려져 있은 적이 없어서…."

"사장님, 어서 신고를…."

수경이 벌벌 떨리는 손으로 핸드폰을 내밀었다.

서용정이 수경의 핸드폰으로 신고를 하려는데, 김현호가 수경에게 달려들자, 이번에는 서용정이 냅다 발을 뻗어서 김현호의 가슴팍을 쳐서 그가 뒤로 나자빠지게 만들었다.

"아니, 빵집 사장님 아니야? 안 되겠다. 일단 모두 달려들어요!"

수경과 연주는 서용정의 지시로 스티커 사진기의 커튼을 떼어서 가위로 잘라 김현호의 손목과 발목을 꽁꽁 묶었다. 그리고 경찰에 신고했다.

침묵이 흘렀다. 경찰이 와서 김현호와 수경, 연주가 경찰 차량에 올라탔다.

서용정은 남아서 무무사를 정리하기로 했다. 사정은 뒤늦게 꼭 말해달라고 부탁했다.

출산
의례

다시 문을 여는 무무사
– 그리고 다시 봄

마고 할망 문신에 담긴 사연

수경이 무무사 출근 준비를 하는데 연주에게서 전화가 왔다.
수경은 얼른 받았다.

"사장님."

"수경 씨, 정말 내가 메시지로 남기기에는 미안해서 전화했어
요. 당분간 나 무무사에 출근하지 않아요. 알바비는 그대로 지급
할 테니까, 오후에 나와 평소처럼 근무를 부탁해요. 저는 일단
연호동을 떠나 있으려구요….."

"사장님, 어디로 가려구요?"

"아직은…. 그렇지만 경찰 조사도 끝나서 어디 잠깐 가 있으려
구요. 기간은 한 달이 될지 두 달이 될지 모르겠어요."

"알겠습니다."

수경은 그 마음을 이해했다. 가족의 실종이 장장 10년간 이어졌고, 범인을 최근에 잡았다. 경찰 수사로 남편의 유골도 수습해 뒤늦게 장례를 치렀다.

시신은 연호동에서 머지않은 야산에서 발견했다.

그 마음이 얼마나 아프고 힘들었을까.

게다가 남편을 찾기 위해 연호동에 1년간 무무사를 열고, 실종의 단서와 흔적을 캤다.

수경도 따라간 적이 있을 정도로 열심히 실종 흔적을 따라다녔다. 그 마음이 어땠을지 짐작이 안 간다.

연주가 통화를 하고 나서 전화를 끊었다.

"사장님…."

수경은 집을 박차고 달려 나갔다. 폰을 손에 쥐고 전력 질주를 했다. 만약 연주가 차에 타고 어디론가 떠나는 중이면 잡으려 했다. 집과 무무사, 어디에 있을까?

당연히 무무사다!

수경은 넘어질 뻔하면서도 중심을 잡고 달려서 무무사에 도착했다. 여전한 주황색 전등 불빛, 그리고 무인으로 사람을 반기는 가게 안. 들어가니 커피머신에서 자동으로 청소를 하는 위이이잉 하는 소리가 들린다. 무지개 노트가 반듯하게 테이블에 놓여 있다.

수경은 가게 안쪽의 연주가 근무하는 사무실로 갔다. 문을 열고 아무도 없자, 급히 가게를 둘러보다가 무지개 노트를 집었다.

새로 시작하는 새 노트였다.

오늘 날짜가 적혀 있다. 과거 노트들은 모두 뒤 서가에 정리돼 꽂혀 있다.

수경은 눈물을 참으면서, 노트를 내려놓고 가게를 정리했다. 손님들이 두고 간 커피 컵, 그리고 빨대나 냅킨 등의 쓰레기를 정리하고, 필름 카메라를 자판기에 채워넣고, 커피머신을 정비하고 비뚤어진 액자를 반듯하게 벽에 걸고, 전등 나간 것을 갈았다. 음악을 틀어놓고 커피 한 잔을 내려서 들고 수경은 안쪽 공간에 있는 사무실로 들어갔다.

이제 자신도 사장님과 함께 출사 다니면서 찍은 사진 파일을 정리하고 보정하고, 일일이 제목을 달아서 나만의 포트폴리오를 만들고자 결심했다.

앞으로 더 나은 일, 더 멋진 일, 신나는 일, 돈은 조금 벌지언정 즐겁고 보람차고 이웃을 도울 수 있는 일을 해보고자 마음먹었다.

수경은 그렇게 컴퓨터 앞에 앉아서 사진 파일을 정리하고, 들여다보고 여러 사진 공모전도 살펴보면서 작업을 했다. 중간중간 손님들이 들어와 사진을 찍고, 커피를 마시고 노트북으로 작업을 했다. 그리고 무지개 노트에 글을 남겼다.

그렇게 한 달이 흘렀다. 어느덧 날은 따뜻해지고 봄이 왔다.

그간 연주에게서 소식은 없었다. 수경은 톡을 보내려 하다가도 연주가 편히 쉴 수 있게 자제했다.

그렇게 시간이 흐르다, 목련 눈이 하나둘 툭툭 터지면서 열리고 꽃이 피던 날.

연주가 무무사에 나타났다.

연주는 사진작가들이 입는 주머니가 여러 개 달린 베스트를 입고, 카메라 가방을 어깨에 메고 워커를 신고 들어왔다. 얼굴은 검게 그을렸고, 입가에는 큰 미소가 보름달처럼 걸렸다.

수경이 바닥을 쓸면서 가게를 치우다 벌떡 일어났다.

"사장님!"

"수경 씨가 이 시간에 출근해 있을 거 같아서요. 나 돌아왔어요."

수경은 그대로 연주를 껴안았다. 눈물이 흘러나왔다.

"이러다 안 돌아오시는 줄 알았어요."

"무무사 사연 노트 보러 왔어요. 궁금해서 안 되겠더라구요. 산티아고 순례길을 걷는 걸 중단하고 돌아왔답니다."

"사장님…."

수경은 눈물을 흘렸다. 연주는 수경을 안아주었다.

"걱정 말아요. 나도 이제 내 인생을 살 겁니다. 그리고 주변을 도울 거예요. 가장 먼저 건강검진 받고, 이상 없으면 예전처럼 무지개 노트에 적힌 사연 보고, 사진을 찍어드려야죠."

수경은 환하게 웃으면서 답했다.

"그래요! 사람들에게 희망을 주는 무무사에 사장님과 저, 다시 힘을 합해 도움을 주어야죠. 손님들이 남긴 사연들이 이미, 노트 3권이 넘어요."

연주는 밝은 얼굴로 고개를 끄덕였다.

"차차 읽어나갈게요."

주황색 할로겐 등이 그들의 얼굴을 환히 비추었다. 무지개 무인 사진관, 무무사는 오늘도 내일도 사람들을 받으면서, 그들의 고민을 들어주고 행복한 사진을 찍어준다.

작가 후기

이 작품은 장소를 기반으로 하는 힐링 장르 소설에 관해 출판사 식구들과 회의하다 나온 소설입니다. 요즘 어디에나 있는 스티커 사진기가 구비된 무인 사진관에 주인장이 무지개 노트를 두어서, 손님들과 사연을 주고받는다는 설정으로 콘셉트를 잡았습니다.

사연을 통해 '무지개 무인 사진관(줄여서 무무사)'에서 사진을 찍으면 사연자의 소원이 성취된다는 스토리로 확장을 시켰습니다.

보이스피싱 조직과 연루되어 취업 사기를 당한 취준생, 힘든 연애 대신에 애니메이션 캐릭터 덕후가 되어서, 어머니가 원하는 결혼정보회사 제출용 사진을 찍으려는데 절대로 선택되지 않을 사진을 찍어달라는 IT 개발자, 남편이 떠나고 절망에 빠졌다가 경력단절을 극복하고 자영업자가 된 중년 여성까지 다양한 사람들이 무무사에 사연을 남깁니다.

그들은 실제로 다양한 방법으로 소원을 이루게 되고, 무무사의 영원한 팬이자 단골이자 직원이 되고 일을 돕는 크루(crew)가 되기도 합니다.

그렇게 해서 시작된 소설은 잘 풀려나갔습니다. 그런데 집필 도중에 저는 가슴에 멍울이 느껴져 병원에 가서 조직검사를 했고 유방암 2기 진단을 받았습니다.

정말 처음으로 큰 변화를 맞이했고, 너무도 놀랐습니다.

그때 '프라이팬을 안 갈고 오래 써서? 커피를 플라스틱 컵에 따라 마셔서? 인스턴트 음식을 먹어서? 고기의 탄 부분을 먹어서? 수면을 이루지 못한 날들 때문에? 운동 부족으로? 염색을 자주 해서?' 수많은 물음들이 머리를 지배했고, 어디에도 탓을 돌리지 못하고 결국 무표정한 얼굴로 치료하러 큰 병원을 찾았습니다.

사실은 유방암 초음파 검진을 매년 하지 않은 것도 걸렸습니다.

그리고 유방암 검진의 달인 10월에 검진을 해 암을 발견한 것도 놀랐습니다.

노인병으로 투병을 하셨던 친정엄마, 시어머니, 친정아버지 이렇게 3년간 세 분이 돌아가시고, 이제는 제가 일선에 서서 제 건강을 걱정할 나이가 되니 세월이 무상합니다.

다행히 암 진단을 받았을 때도 곁에 가족과 주변의 동네 언니들, 친구들, 학부모들, 동료 작가들, 출판사 식구들이 걱정을 해주었습니다.

과거를 돌이켜 보면, 언젠가 영화 행사장에서 커다란 조명기가 바로 제 옆으로 쓰러져서 너무 놀란 적도 있고, 병으로 입원해 수술 받았던 적도 있고 건강하게 퇴원하기도 했었습니다.

그럴 때마다 신의 가호를 느꼈습니다.

여러 위기와 질병을 이겨낸 것은, 아마도 제가 살아남아서 할일이 있어서라고 생각합니다.

제가 조직검사를 한다고 하자, 동료 작가가 집 근처에 와줘서 올림픽공원을 산책했습니다.

동료 작가가 1년간 상자에 들어가서 쉬는 휴생(休生)을 하고 싶다고 말했습니다.

머리와 팔, 다리를 떼서 목각인형처럼 접어서 상자에 들어가 쉬고 싶은 생각이 든다고 했습니다.

'아, 그렇구나.'

이 소설을 집필하고 저도 1년간 치료를 하면서 휴생을 해야겠다고 마음먹었습니다.

쉬면서 더 좋은 글을 쓸 동력을 얻을지 모르고, 인생에 있어 깊은 뜻을 알아차릴지도 모르죠.

그것만큼 멋진 일이 있을까요?

진단을 받기 전에, 집 근처 무인 카페에 주인장과 글을 써서 주고받는 노트에 조직검사 결과가 어찌 나올지 불안하다고 쓰고 왔습니다.

네, 이 소설은 그 무인 카페의 노트에서 아이디어를 구체화시켰는지도 모릅니다.

그 노트의 어떤 페이지에는 이렇게 적혀 있더군요. 죽기 전에 해볼 것을 왜 안 했는지 후회한다는 겁니다. 하지만 저는 다릅니다.

일을 무리하게 안 벌여서 다행이다, 건강해지려 무리한 운동을 안 해서 다행이다, 서운한 점이 있었지만 입 밖으로 안 내서 다행이다, 가보고 싶었던 곳도 있었지만 그냥 상상으로 남겨두니 가봤으면 실망할 것도 멋지게 여겨져 다행이다는 생각이 떠올랐습니다.

그렇게 정리가 되니, 글 쓸 여유가 생겼습니다.

그렇습니다. 저는 경험 안 해본 것에 대한 후회보다는 오히려 지금 내가 나의 인생에서 겪는 일들을 소설 속에 남길 수 있다는 게 무척 행복하다고 느꼈습니다. 그리고 그 글을 읽을 독자분들이 계시다는 것도요.

치료를 잘하고 돌아오겠습니다. 《경성 탐정 이상》 시리즈, 《색, 샤라쿠》, 《서점 탐정 유동인》, 《경성 부녀자 고민상담소》 등에서 보여준 김재희의 추리 월드는 이제, 이 소설을 통해 김재희의 인생 월드로 한 걸음 더 나아가고 싶습니다. 그만큼 제 소설은 쓰던 당시의 상황과 기분, 그리고 제 삶이 주인공들의 변곡점, 삶.속 곳곳에 분산돼 녹아 있습니다.

노벨문학상 수상자 아니 에르노는 경험한 일만 쓰지만, 저는 항상 보고 들은 일, 관찰한 사람들, 구상한 일 등등 관찰자로서 겪은 일들을 주로 소설에 녹여냈습니다.

그래서 실제 경험보다는 안 해봐서 다행이다, 내가 그 사람이 아니라서 다행이다 싶은 관찰자로서의 스토리를 만들어 나갔는지도요. 그렇지만 모든 작가들이 그 작품을 쓰는 시기는 자신의 삶과 밀접한 관련이 있다는 걸 지금도 절절하게 깨닫고 있습니다.

어쩌면 '무무사'는 무인 사진관으로서 늘 사람들을 받아들이고 관찰하고 알게 모르게 그들과 교류해 발전하고 사진으로 남기는, 작가로서의 제 모습으로 느껴지기도 합니다.

그럼 다음번 김재희 월드는 어떤 스토리가, 어떤 사람들이, 어떤 메시지가 있는지 기다리시길 바라면서, 제가 초대장을 보내드리면 주저하지 말고 오십시오.

분명히 스토리를 통해 인생의 묘미를 느끼실 수 있을지도요.

또 만나기를 염원하면서 이만 마칩니다.

2023년 신년에
김재희